AF215482

Pete Smith

wurde 1960 als Sohn einer Spanierin und eines Engländers in Soest geboren. An der Universität Münster studierte er Germanistik, Philosophie und Publizistik. Er schreibt Kinder- und Jugendbücher, Essays, Kurzgeschichten und Romane, für die er mehrfach ausgezeichnet wurde, unter anderem mit dem Robert-Gernhardt-Preis des Hessischen Ministeriums für Wissenschaft und Kunst. Der Autor lebt in Frankfurt am Main.

Pete Smith

Amok

Der Weg des Kriegers

Edition Gegenwind

FSC
www.fsc.org
MIX
Papier aus ver-
antwortungsvollen
Quellen
Paper from
responsible sources
FSC® C105338

ISBN 978-3-748-18482-9

Bibliografische Information der Deutschen Nationalbibliothek
Die Deutsche Nationalbibliothek verzeichnet diese Publikation in der
Deutschen Nationalbibliografie; detaillierte bibliografische Daten sind im
Internet unter http://dnb.ddb.de abrufbar.

Herstellung und Verlag: BoD – Books on Demand, Norderstedt

Neuauflage Edition Gegenwind, Frankfurt am Main 2019

Reihe Belletristik/Jugendbuch

Eine frühere Fassung des Romans ist unter dem Titel „So voller Wut" im
Ueberreuter Verlag, Wien, als TB im Fischer Verlag, Frankfurt am Main,
und als Schulbuchausgabe bei Schroedel, Braunschweig, erschienen.

Umschlaggestaltung: Eunike Dorothea

www.pete-smith.de
www.edition-gegenwind.de

Mood: disgusted
Music: The Prodigy

Ich bin. ICH. Ein Mensch. Kein Schoßhund, der dem Stöckchen seines Herrchens hinterherjagt, kein Wellensittich, den man in einen Käfig sperrt und nur unter Aufsicht fliegen lässt.

ICH BIN EIN MENSCH!

Ein Individuum, das selbst bestimmt. Wer es ist und was es sein wird.

Im Spiegel sehe ich einen Ronin auf dem Weg zu sich selbst. Wartend ziehe ich meine Kreise. Wie lange schon? Wie lange noch?

Um mich herum lungern nur noch Assis. Hohlköpfe, die ihr Hirn tagaus, tagein mit Werbebotschaften vollstopfen, anziehen, was gerade hip ist, quatschen, was die anderen quatschen, bloß um nicht anzuecken oder aufzufallen, Tropfen im Ozean der Konformität.

Wie erbärmlich ihr doch seid! Nur in euren Cliquen fühlt ihr euch stark, findet ihr den Mut, um euch herzumachen über die, die eine eigene Meinung haben, einen eigenen Stil, ein unverwechselbares Profil.

ICH VERACHTE EUCH!

Worauf ich warte? Ich weiß es nicht. In letzter Zeit frage ich mich immer öfter, was ich hier überhaupt noch soll. Worin der Sinn liegt, ein Leben zu leben wie dieses. Jeder Tag gleicht dem anderen: schlafen, aufwachen, funktionieren.

Überleben.

Nur wozu, wenn das Leben kein Erlebnis mehr bereithält? Was macht das für einen Sinn, eine Existenz fortzuführen, die jeden Sinn entbehrt?

Ich sollte Schluss machen. Die Berufenen opfern sich. Die Berufenen geben ihr Leben her, um andere zu erlösen. Die Berufenen setzen mit ihrem Opfer ein Zeichen.

Gegen die Dummheit!

Gegen die Ignoranz!

Gegen die Politiker-Lüge, dass alles irgendwann besser wird – wenn man nur lang genug wartet.

Wie ich das satt habe! Ich will nicht mehr warten.

Ich will leben.

Wenigstens ein letztes Mal noch ...

Jamal springt aus der Straßenbahn, setzt zum Spurt an, rennt einige Schritte, stoppt dann aber wieder ab und schlendert gemächlich weiter. Er ist eh zu spät, da kommt es auf ein paar weitere Minuten nicht mehr an.

Wie an jedem Morgen folgt er den Schienen, über die schon lange keine Straßenbahn mehr fährt. Es ist heiß. Wann gab es im März schon einmal solch eine Hitze? Jamal kann sich nicht erinnern. Vorboten der Apokalypse, denkt er. Behält Jasmin am Ende mit ihren düsteren Weltuntergangsszenarien recht?

Von der Hartmann-Ibach-Straße biegt er links in den Prüfling, wechselt die Straßenseite, zweigt kurz darauf nach rechts ab, schlängelt sich durch das Gassengewirr Alt-Bornheims und taucht wenig später auf der oberen Berger Straße wieder auf. Er kommt gern hierher, wenngleich er sich nicht mehr vorstellen könnte, hier zu leben. Dazu sind ihm die Straßen zu schmal, stehen ihm die Häuser zu eng beieinander. Jamal liebt die Weite. Vor allem liebt er den Blick über die Stadt. Den Hochhäusern der Vorstadt kann er daher mehr abgewinnen als die meisten seiner Freunde. Zurück ins Zentrum will er nicht.

Als er sich dem Heinrich-Böll-Gymnasium nähert, spürt er sofort, dass etwas nicht stimmt. Der Hof ist leer. Auch vor der Pausenhalle lungert niemand herum. Bevor er den Schulhof betritt, sieht er sich noch einmal um. Auf den Zufahrtsstraßen ist niemand unterwegs. Er geht auf das mächtige Eingangsportal zu. Die Scheiben darüber spiegeln den lichtblauen Himmel. Hinter einem der Fenster erkennt er ein Gesicht. Die kleine Leonie. Sie wohnt im selben Hochhaus wie er, zwei Stockwerke höher. Jetzt presst sie ihre Nase ans Glas und winkt ihm zu. Jamal winkt zurück.

7

Auf der Freitreppe bleibt er stehen. Dreht sich noch einmal um. Wieso ist ihm mulmig zumute? Ein letztes Mal lässt Jamal seine Blicke schweifen. Er stutzt, als er im Schatten der Mauer ein Polizeiauto entdeckt. Was ist hier los?

Kaum hat er die schwere Flügeltür aufgedrückt, steigt ihm der vertraute Muff in die Nase. In der Vorhalle ist es kühl. Vor der Treppe steht eine Gruppe von Lehrern, in eine hitzige Diskussion vertieft. Als sie ihn bemerken, verstummen sie. Direktor Vorkötter kommt auf ihn zu. Hinter ihm löst sich der Hausmeister aus der Gruppe.

„Du bist spät dran." Vorkötter sagt das ohne Vorwurf.

„Die S-Bahn ist ausgefallen", lügt Jamal.

„Hat man dich informiert?"

„Worüber?"

„Also nicht."

Vorkötter und Hausmeister Klausen wechseln einen raschen Blick. Die beiden Lehrer an der Treppe nicken sich noch einmal zu und gehen in verschiedenen Richtungen davon. Der Direktor holt Luft und bläst sie langsam wieder aus.

„Nun ja, es hat eine Morddrohung gegeben", beginnt er. „Wahrscheinlich bloß ein makabrer Scherz, aber ... Würdest du bitte deinen Rucksack öffnen? Am besten, du machst ihn leer."

Jamal sieht ihn verdutzt an. Der Hausmeister nickt zur Bekräftigung. Da es beide offensichtlich ernst meinen, schnallt Jamal seinen Rucksack ab, stellt ihn auf den Boden und holt nacheinander seine Bücher, Hefte und Schreibutensilien heraus. Dann legt er die in Folie eingewickelten Brote daneben und kippt den Rucksack um. Krümel regnen auf den Granitboden, worauf ihn der Hausmeister missbilligend ansieht.

„War das alles?", fragt ihn der Direktor. Unter der Last der Verantwortung ist sein Rücken noch krummer als sonst.

Achselzuckend fummelt Jamal sein Smartphone, den Schlüsselbund und das Portemonnaie aus seinen Jeans. Endlich findet er auch seine Sprache wieder.

„Eine Morddrohung?"

„Jemand hat einen Amoklauf angekündigt", erklärt Vorkötter. „In einem der Frankfurter Gymnasien. Bis die Angelegenheit aufgeklärt ist, müssen wir sie wohl ernst nehmen. Herr Klausen?"

Der Hausmeister macht einen Schritt auf Jamal zu. Seine verzerrten Züge spiegeln das Unbehagen, das er empfindet.

„Ich muss das jetzt tun", entschuldigt er sich und beginnt, ihn abzutasten.

Jamal hebt automatisch seine Arme. Wie bei der Flughafenkontrolle, denkt er, während sich der Hausmeister bückt, um auch seine Beine zu befühlen. Durch Klausens lichtes, blondes Haar blickt Jamal auf eine stark gerötete Kopfhaut. Es ist, als ob ihm der Hausmeister ein Geheimnis verriete.

Klausen tritt zurück und leckt sich über die Lippen. „Nichts", sagt er zum Direktor gewandt. Es klingt wie eine Entschuldigung.

„Jedem unserer Schüler steht es heute frei, den Tag daheim zu verbringen", verkündet Vorkötter, während Jamal Bücher, Butterbrote und Hefte wieder in seiner Tasche verstaut. „Dadurch würde dir, abgesehen vom Unterrichtsausfall, keinerlei Nachteil entstehen. Natürlich wollen wir keine Panik schüren, müssen aber nach Rücksprache mit der Polizei gewisse Vorsichtsmaßnahmen einhalten. Bis auf weiteres bleiben die Schüler in ihren Klassen. Handys gehören während des Unterrichts wie immer ausgeschaltet, in den Pausen jedoch, ausnahmsweise auch in den kleinen, sind Telefonate mit euren Eltern erlaubt. Zur weiteren Information wurde eine Hotline eingerichtet, deren Nummer euch von euren Lehrern mitgeteilt wird. Noch Fragen?"

Jamal schüttelt den Kopf. Weder der Direktor noch der Hausmeister sehen so aus, als ob sie auf eine seiner Fragen eine Antwort hätten.

Vorkötter hat sich bereits abgewandt, dreht sich aber noch einmal nach Jamal um. „Können dich deine Eltern nach der Schule abholen?"

„Wieso?"

„Ja oder nein?"

„Eher nicht."

„Nun gut, dann weiß ich zumindest Bescheid."

Jamal läuft die abgewetzten Steinstufen hoch, schwenkt nach links und schlendert bis zum Ende des Gangs. Vor seinem Klassenzimmer hält er noch einmal inne. Von drinnen hört er Bittners Stimme. Jamals Herz schlägt schneller als sonst. Was soll das alles? Wissen Vorkötter und Klausen mehr, als sie sagen?

Jamal klopft, wartet einen Moment und tritt ein. Bittner steht am Smartboard und blickt ihn erschrocken an.

„Die S-Bahn", erklärt Jamal.

„Ja?"

„Ist ausgefallen."

Irgendwer lacht höhnisch. Jamal schlendert zu seinem Platz in der letzten Reihe und setzt sich neben Beck. Der grinst ihn an. Jamal packt seine Sachen aus und tut so, als ob er sich auf den Unterricht konzentriere. Dabei braucht es eine Weile, bis ihn Bittners Stimme tatsächlich erreicht und Jamal im monotonen Singsang seines Lehrers trigonometrische Strukturen identifiziert.

„… Kreisbogen mit Radius r und Winkel Alpha hat die Länge b gleich Alpha geteilt durch 360 Grad mal zwei Pi r …"

Beck stößt ihn an. „Keinen Sprengstoffgürtel unter deiner Kutte?"

Jamal verdreht die Augen.

„Wenn ich meinen Wohnungsschlüssel dabei hätte …"

„Was dann?"

„Läge ich längst wieder im Bett."

Jamal klappt sein Heft auf und schreibt ab, was Bittner ans Board pinnt. Beck geht ihm auf die Nerven. In letzter Zeit hat er den Eindruck, dass ihm Beck geradezu nachrennt. Er versucht sich zu konzentrieren, aber seine Gedanken schweifen immer wieder ab. *Jemand hat einen Amoklauf angekündigt.* Vorkötter wirkte nicht gerade besorgt. Eher so, als sei er sauer. Und ein bisschen beleidigt. *Natürlich wollen wir keine Panik schüren.* Und wozu dann die *Hotline*?

Jamals Blicke schweifen umher. Alexander hat sich zu Birgit gebeugt und flüstert ihr etwas ins Ohr. Fabian kritzelt übers Pult gebeugt Bittners Formeln in sein Heft. Luka markiert den Angsthasen, Milos lacht. Basti beobachtet die beiden von der Seite, den Kopf in die Hand gestützt, demonstrativ gelangweilt. Quentin meldet sich schon eine Weile und beginnt nun, mit den Fingern zu schnipsen. Floyd, so scheint es, spielt mit Kafka Schiffeversenken. Marlon starrt aus dem Fenster.

Majas Samtblick trifft ihn in dem Moment, da er ihre Nachbarin Karen ins Auge fasst. Jamal lächelt sie kurz an und sieht dann weg. Karens Profil mit ihrer vernarbten Wange, ihren raspelkurzen Haaren und ihrer spitzen Nase bleibt ihm noch eine Sekunde vor Augen und verblasst dann ins Nichts. Warum die meisten aus seiner Klasse sie nicht mögen, versteht Jamal nicht. Er findet sie nett.

Als es zur Pause läutet, bleiben alle auf ihren Plätzen sitzen. Hitzige Gespräche setzen ein. Ausnahmezustand. Bittner klopft mit seinem Schlüssel aufs Pult.

„Alle mal herhören!"

Mit zusammengekniffenen Augen starrt er auf den Zettel in seiner Hand und schreibt einige Zahlen ans Board, offensichtlich eine Telefonnummer, die er dreimal umkringelt.

„Die Polizei hat eine Hotline eingerichtet, bei der sich Eltern über den Stand der Ermittlungen informieren können!", ruft er in die Klasse. „Dort erfahrt ihr auch, wie man sich angesichts der aktuellen Bedrohungslage angemessen verhält. Schreibt euch die Nummer also auf und teilt sie euren Eltern mit." Bittner packt seine Tasche und stakst zur Tür. „Wir machen fünf Minuten Pause. Ich bitte euch, auf euren Plätzen sitzenzubleiben. Am besten, ihr nutzt die Zeit, um daheim anzurufen."

Jamal lehnt sich zurück. Die meisten seiner Mitschüler kramen ihre Smartphones hervor. Andere gehen zum Fenster und blicken hinaus.

Beck beugt sich zu ihm. *„Aktuelle Bedrohungslage* – klingt sexy, nicht?"

Jamal sieht ihn an. „Weißt du, was das Ganze soll?"

Becks Augen blitzen. „Irgend so ein Spinner, keine Ahnung, im Radio meinte einer, dass die Mail ans Kultusministerium geschickt wurde, wenn du mich fragst, wollte der bloß mal kurz ..."

Jamal nickt, hört aber nicht weiter hin. Gerade hält Luka Milos den Zeigefinger an die Schläfe und drückt ab. Milos kippt zur Seite. Maja tippt sich an die Stirn.

Montag, 30. März, 13.15 Uhr

Jamal streckt sich. Gerade hat die Schulglocke das Ende des heutigen Unterrichts eingeläutet. Unschlüssig stehen die Schüler herum.

Selbst die allwissende Brückner blickt ziemlich ratlos drein. „Am besten", schlägt sie vor, „sammeln wir uns erst einmal im Hof und warten auf Anweisungen."

Neun Jugendliche folgen ihrer Erdkundelehrerin nach unten. Kaum mehr als ein Drittel der Klasse. Einige Mitschüler sind ihrer vermeintlichen Angst wegen gar nicht erst zum Unterricht erschienen, andere in der ersten großen Pause von ihren Eltern abgeholt worden, wieder andere haben sich die kollektive Aufregung zunutze gemacht, um ihre Osterferien von sich aus um einen Tag zu verlängern. Mit seinen knapp sechshundert Schülern ist das Heinrich-Böll-Gymnasium schon an normalen Tagen eine eher beschauliche Schule. So still wie heute, glaubt Jamal, war es noch nie.

Sie sind gerade am unteren Treppenabsatz angelangt, als es plötzlich knallt. Eine ohrenbetäubende Detonation, die dröhnend durchs Treppenhaus hallt. Einige Schüler stürzen in Panik die letzten Stufen hinunter. Schreie aus allen Richtungen. Marie kommt an der Tür zu Fall, Alexander stolpert über sie hinweg, andere drängen hinterher.

Der Knall kam von rechts. Jamal hat sich instinktiv zur anderen Seite weggeduckt. Jetzt kommt er wieder hoch. Neben sich hört er ein leises Kichern. Beck hält ein zerfetztes Papier in der Hand.

„Hey hey hey!", ruft er nach unten und hebt beschwichtigend die Arme. „War doch bloß 'ne Tüte."

„Du bescheuerter Idiot!", schreit Tabea und stürmt auf ihn los.

Frau Brückner erwischt einen Zipfel ihrer Jacke und kann sie gerade noch zurückhalten. Weiß vor Wut und Bestürzung funkeln beide Beck an.

„Hast du sie nicht mehr alle?", herrscht ihn die Lehrerin an.

Hinter sich hört Jamal Schritte. Herr Henke, der stellvertretende Schulleiter, taucht auf dem oberen Treppenabsatz auf.

„Was ist passiert?"

„Ein Witzbold", antwortet Frau Brückner, ohne Beck zu verraten.

Herr Henke, wie immer in Anzug, Hemd und Krawatte, starrt sie ungläubig an. Schweiß steht ihm von der Stirn. Seine Lippen beben.

„Ein Witzbold?"

Er kommt die Treppe herunter, baut sich vor den Schülern auf und sieht sie der Reihe nach an.

„Wer war das?"

Niemand sagt etwas. Die meisten starren betreten zu Boden. Beck blickt wie hypnotisiert auf seine Uhr.

„Ihr seid doch nicht ganz bei Trost!" Herr Henke wischt sich mit seinem Taschentuch über die Stirn. „Glaubt ihr, das ist ein Jux? Polizei, Rettungsdienst, Feuerwehr! Dass die alle in Alarmbereitschaft sind. Was denkt ihr denn, was das Ganze hier soll?"

Als das Schweigen übermächtig wird, wendet sich der stellvertretende Schulleiter kopfschüttelnd ab und schreitet wortlos die Treppe hoch, bevor er im Flur zum Lehrerzimmer verschwindet.

Schweigsam verlassen sie das Gebäude. Der Schulhof ist verwaist, doch unter dem Dach der Pausenhalle warten einige Schüler mit ihren Lehrern. Offenbar sind sie die letzten. Jamal sieht sich um. Das Polizeiauto ist fort. Ein Bus nähert sich und hält am Tor. Vorkötter kommt um die Ecke. Frau Brückner eilt auf ihn zu. Die beiden wechseln einige Worte. Der Direktor gestikuliert mal in die eine, mal in die andere Richtung. Als Jamals Erdkundelehrerin zurückkommt, wirkt sie ebenso ratlos wie zuvor.

„Wir sollen noch warten", sagt sie. „Worauf genau, kann ich euch leider auch nicht sagen. Offenbar weiß niemand so recht Bescheid. Lasst uns zur Pausenhalle gehen, dort ist es zumindest etwas schattiger als hier."

Jamal fingert einen Haargummi aus seiner Hosentasche und bindet seine Mähne zum Zopf. Normalerweise macht ihm die Hitze nicht viel aus. Aber heute klebt sie wie Zellophan auf seiner Haut.

Während er den anderen zur Pausenhalle folgt, hält er Ausschau nach Jasmin. Vielleicht hat sie es sich ja doch noch anders überlegt. Aufgrund der Anweisungen konnten sie sich den ganzen Vormittag nicht sehen. Normalerweise treffen sie sich während der großen Pause auf halber Strecke zwischen ihrem und seinem Gymnasium im Hof der Platanen. Vorhin haben sie kurz miteinander telefoniert. Ihre Antworten waren merkwürdig einsilbig.

Nein, sie könnten sich nicht sehen, da sie nach der vierten Stunde von ihren Eltern abgeholt werde.

Nein, am Nachmittag auch nicht, da müsse sie lernen.

Und ob sie abends Zeit habe, wisse sie auch noch nicht.

Ihre Stimme klang fremd. Dünn und splittrig. Als ob ihr die Angst im Nacken säße. Jamals Blicke huschen über die Köpfe der Schüler hinweg. Doch natürlich hat es sich Jasmin nicht anders überlegt. Statt in ihre dunklen Augen blickt er in Gesichter, die vor Erregung regelrecht zu glühen scheinen. Er schnappt Wortfetzen auf, die seinen Eindruck bestätigen. Von Bedrohung keine Spur! Der angekündigte Amok erscheint den meisten eher wie ein Spiel. Eine grell aufgezogene Show, die am Abend bestimmt im Fernsehen ausgestrahlt wird. Vielleicht spielt dann ja einer von ihnen mit. Selbst die Nebenrollen sind begehrt. Man könnte eines der Opfer sein. Oder die Freundin eines Opfers. Und wenn man Glück hat, wird man gecastet und darf beim nächsten Mal der Täter sein.

Jamal zieht sich in die hinterste Ecke der Pausenhalle zurück. Nach einer viertel Stunde taucht Vorkötter auf und verkündet, dass sie nun nach Hause gehen dürfen. Ratlos sehen sie sich an. Beck macht einen Witz, über den niemand lacht. Dann ziehen die ersten ab. Ein Film, denkt Jamal, bevor er sich selbst auf den Weg macht. Ein mieser Film. Am Schultor blickt er sich noch einmal um. Gerade schwingt das Portal auf. Frau Tabani tritt ins Licht, gefolgt von Hausmeister Klausen. Während die Schulsekretärin zum Parkplatz geht, bückt sich der Hausmeister und pickt irgendetwas vom Boden. Jamal wendet sich ab. Auf dem

Weg zur Haltestelle denkt er an Jasmin, die ihm noch immer keine Nachricht geschickt hat. Was ist bloß mit ihr? Hat sie womöglich einen anderen?

Montag, 30. März, 21.40 Uhr

Jamal liegt im Bett. Er fiebert. Vorhin hat er das Fenster aufgerissen, aber von draußen weht nur der an- und abschwellende Strom der nahen Autobahn herein.

Der Fernseher ist stummgeschaltet. Bilder flimmern über den Monitor, die den Tag zu einer frühlingshaften Idylle verklären. Ein Weinberg im Gegenlicht, knospende Sträucher, Menschentrauben vor einem Café. Kein Wort über den angekündigten Amoklauf an einem Frankfurter Gymnasium, der selbst den Nachrichten nicht einmal eine Meldung wert ist.

Jamals Idylle scheint der Vergangenheit anzugehören. Wie in einem Fiebertraum trudeln seine Gedanken durch sein Hirn und geraten immer wieder in einen Sog aus Beklemmung, Verwirrung und Ohnmacht. Jasmin hat ihr Handy allem Anschein nach ausgeschaltet. Den ganzen Tag über hat sie ihn weder zurückgerufen noch ihm eine Nachricht geschickt. Aus lauter Verzweiflung hat er es mehrmals auf dem Festnetz probiert, aber nur ihre Mutter erreicht.

Beim ersten Mal war Frau Pollack wie immer – liebenswürdig, überdreht und bei bester Laune. Nein, gerade im Moment könne er Jasmin leider, leider nicht sprechen, sie habe sich hingelegt, direkt nach der Schule, ihr gehe es nicht gut, wahrscheinlich die Hitze oder, nun ja, er wisse schon ... Ob er es nicht später noch mal versuchen könne? Ein Schlaf wirke ja manchmal Wunder.

Beim zweiten Mal schlich sich ein Unterton in ihr abermaliges Bedauern, nicht gereizt, aber geschäftig, ein Wortschwall gegen jede weitere Belästigung: Nein, Jasmin sei für niemanden zu sprechen, auch mit ihm wolle sie momentan nicht reden, keine Ahnung, warum, sie als Mutter halte sich da lieber raus, das kenne man ja, am Ende sei man noch selbst die Dumme, egal ob Hitze oder Hormone ... Wenn er fortan doch so nett sein wolle, es auf ihrem Handy zu probieren, da merke er ja gleich, ob sie nun gesprächswillig sei oder nicht.

Jamal wird nicht mehr anrufen, hat er beschlossen. Er und Jasmin kennen sich nun seit fast einem Jahr. Dass er sie mehr liebt als sie ihn, macht ihm nichts aus, damit hat er sich abgefunden. Er bedrängt sie nicht und rennt ihr nicht hinterher. Er lässt ihr die Freiheit, die sie sich sonst, das weiß er, einfach nehmen würde. Vielleicht ist es genau diese Haltung, die sie an ihm mag.

Normalerweise sehen sie sich fast jeden Tag, wenn auch meist nur recht kurz, weil Jasmin ehrgeizig ist und weder ihre Hobbys noch die Schule noch ihre Freundschaften vernachlässigt. Sie lernt intensiv, spielt Bass und Feldhockey, hat seit Jahren einen eigenen Instagram-Kanal und trifft sich regelmäßig mit ihren Mädels, um tanzen zu gehen oder sich irgendwelche Serien anzuschauen. Ihre Unabhängigkeit fasziniert ihn. An manchen Tagen strahlt sie ein geradezu schamloses Selbstbewusstsein aus, das es für Leute, die sie nicht kennen, schwer macht zu beurteilen, ob sie überheblich oder einfach nur übermütig ist.

Ängstlich hat er Jasmin jedenfalls noch nie erlebt.

Und auf keinen Fall so verstört und verletzlich wie heute.

Aus dem Zimmer seiner Schwester Lalita dringt Musik an sein Ohr. Irgendein Mädchenblues. Er greift nach der Fernbedienung und schaltet den Ton an. Zappt durch die Programme. Überall nur Talkshows und C-Promi-Gelaber. Hellhörig wird er erst, als er den Begriff *Drohmail* aufschnappt. Er dreht den Ton lauter.

„... mussten wir mit dem Schlimmsten rechnen", sagt ein Mann in die Kamera, dessen grau meliertes, welliges Haar nach

17

hinten gegelt ist. Eine Einblendung am unteren Rand des Bildes weist ihn als Sprecher der Polizeibehörde Frankfurt am Main aus. „Eltern und Schüler waren natürlich aufs Höchste verunsichert, aber die Frankfurter Polizei hat auf die Bedrohung mit Umsicht reagiert und die in Betracht kommenden Gebäude unauffällig, aber wirkungsvoll gesichert."

Das Bild wechselt. Ein verwaister Schulhof. Die Kamera zoomt auf das Gebäude im Hintergrund. „Wie hier im Frankfurter Stadtteil Bockenheim", hört man die Stimme des Sprechers, „blieben viele Schüler ihren Gymnasien an diesem Montagmorgen fern. Einige ließen sich durch die Drohmail jedoch nicht abschrecken. Ebenso wenig wie die meisten Lehrer."

Im Bild erscheint ein Weißbart, der grimmig in die Kamera sieht. „Natürlich war ich heute wachsam", erklärt er und reißt dabei seine Augen auf, „aber der, der das angekündigt hat, ist doch ein Spinner! Ich trete dem entgegen, indem ich wie immer unterrichte. Wir leben schließlich in Frankfurt, nicht wahr, und nicht in Kabul oder Bagdad."

Die Kamera schwenkt über eine kleine Gruppe von Schülern. „Wer sich unsicher fühlte, durfte heute daheim bleiben", erläutert der Sprecher aus dem Off. „In einigen Klassen machte es keinen Sinn, Unterricht zu erteilen, da die überwiegende Zahl der Schüler nicht erschienen war. Einige Gymnasiasten reagierten regelrecht panisch auf die Berichte über den angekündigten Amok."

Wieder wechselt das Bild. Jetzt ist ein Mädchen mit blonden Strähnchen und grell geschminkten Lippen zu sehen, dem Anschein nach nicht älter als dreizehn oder vierzehn.

„Ich geh da nicht rein", schluchzt sie und wischt sich theatralisch über die Augen, „nachher komme ich nicht mehr raus."

Eine Freundin rückt ins Bild und lächelt unsicher in die Kamera. „Man weiß ja nicht, wo das passieren soll. Es kann doch überall sein, selbst bei uns."

Als nächstes wird eine Frau gezeigt, die mit verkniffenen Gesichtszügen neben ihrem Auto wartet. Ein Mädchen rennt auf sie zu und fliegt ihr in die Arme. Die Kamera nähert sich der Szenerie. Bevor Mutter und Kind einsteigen, dreht sich die Frau unversehens zur Kamera und schreit: „Wo ist denn die Polizei? Sollen die nicht unsere Kinder schützen? Aber die reden ja immer nur, und am Ende ist man dann doch auf sich allein gestellt!"

Auf Jamal wirken die Szenen gestellt. Er kann sich nicht vorstellen, dass Menschen auf eine anonyme E-Mail derart panisch reagieren.

Abermals wechselt das Bild. Sekundenlang ruht das Kameraauge auf der Frontseite eines Internetcafés. Jamal kennt den Laden. Er ist vor Monaten selbst einmal dort gewesen, als ein Bagger das Kabel zur Telefonanlage ihres Mietshauses gekappt und ihr Internet lahmgelegt hatte. Das Café liegt in der Rendeler Straße, gar nicht weit von ihrer Schule entfernt.

„Der Urheber der E-Mail konnte noch nicht ermittelt werden", hebt die Stimme aus dem Off wieder an. „Sicher ist nur, dass sie von einem Internet-Café im Frankfurter Stadtteil Bornheim abgeschickt wurde. Polizeipsychologen versuchen nun anhand der Formulierungen ein Täterprofil zu erstellen. Die Polizei nimmt die Drohung weiter ernst und rät zu erhöhter Wachsamkeit. Zudem warnt sie mögliche Trittbrettfahrer vor strafrechtliche Konsequenzen. In Fällen wie diesem drohen Freiheitsstrafen von bis zu drei Jahren."

Als die Moderatorin die Börsen-Nachrichten ankündigt, schaltet Jamal ab. Aus Lalitas Zimmer weht eine weitere schwermütige Ballade herüber.

Jamal tritt ans Fenster. Hat Jasmin wirklich Angst? Oder will sie nur mit ihm Schluss machen? Vielleicht war schon der Mädelsabend am vergangenen Samstag bloß vorgeschoben.

Plötzlich schlägt Jamals Trauer in Wut um.

Mach doch, was du willst!

Bislang hat er geglaubt, dass sie sich vertrauen und sich alles sagen können.

Doch wenn das nicht mehr gilt, können sie es auch gleich lassen. Ohne Vertrauen geht nichts. Das wird er ihr morgen sagen.

Mood: entertained
Music: Godsmack

Ein Zeichen setzen. Eines, das die Welt auch versteht.

Der Ronin bleibt im Dunkeln. Er nimmt sich die Zeit, die ihm zusteht, bedenkt, besinnt sich und handelt, wenn seine Stunde gekommen ist.

Niemand sieht ihn, niemand hört ihn, niemand nimmt ihn wahr.

Je unerwarteter der Akt seines Willens, desto größer die Wirkung.

Wer die Öffentlichkeit wählt, will die Show. Angeber wie dieser angebliche Amokläufer, der den Hype braucht, um sich selbst zu spüren, aber zweifellos zurückzuckt, bevor er seiner Ankündigung Taten folgen lässt.

Erbärmlich, wie sie alle miteinander gezittert haben! „Ich will da nicht rein, ich will da nicht rein!" Ich musste das wegzappen, sonst hätte ich ins Bett gekotzt. Selbst die Assis, die sich vor den anderen als Helden der Anstalt aufspielen, haben sich auf dem Schulhof ständig umgesehen, als ob das Grauen jederzeit über sie hereinbrechen könnte.

Ja, ich beobachte euch, mir entgeht nichts. Inzwischen tut ihr mir einfach nur leid! Was für armselige Kreaturen ihr doch seid!

Lustig waren allein die Bullen: Wie sie auffällig unauffällig ums Schulgebäude herum geschlichen sind und die Wir-sind-doch-für-euch-da-und-beschützen-euch-Show abgezogen haben. Als ob sich einer, der es wirklich ernst meinte, von solchen Freaks abschrecken ließe!

Lautlos folgt der Ronin dem vorgegebenen Weg. Seine Taten sind heilig. Sein Weg ist der Tod.

Wenn der Tag gekommen ist, wird mein Geist frei sein von allem, was mich hindern könnte, mein Werk zu vollbringen.

Der Meister hat die Losung vorgegeben:

„Dem fällt der Sieg zu, der keinen Gedanken hegt und im Nichtbewusstsein des großen Ursprungs weilt."

An Tagen wie heute spüre ich die Kraft in mir wachsen.

Geduld ...

Ihr werdet es büßen!
Die Zustände an unserem Gymnasium sind so grausam, dass wir es nicht mehr länger aushalten. Daher haben wir beschlossen, unserem Leben am ersten Schultag ein Ende zu setzen. Einige Lehrer (Pestbeulen!) werden wir mitnehmen, und leider müssen wir auch unschuldige Schülerinnen und Schüler mit in den tragischen Tod reißen, sonst ändert sich ja sowieso nichts. Der Allmächtige hat uns befohlen, endlich zu handeln. Wir kommen nicht zurück! Sagt denen, die uns lieben, dass es uns leidtut, ihnen wehtun zu müssen.

Jamal starrt auf die erste Seite der *Frankfurter Rundschau*. Als Screenshot wirkt die E-Mail auf irritierende Weise authentisch und unecht zugleich.

Ein Mitarbeiter des hessischen Kultusministeriums, heißt es in dem Artikel, habe die Drohmail am späten Abend ohne Wissen seines obersten Dienstherrn an die Presse *durchgesteckt*. Was intern für Verstimmungen sorge, bleibe im Hinblick auf die Fahndung zum Glück ohne Folgen. Die kriminaltechnische Untersuchung werde durch die Indiskretion nicht beeinträchtigt, wie ein Sprecher der Kriminalpolizei bestätigt habe. Inzwischen gebe es erste Anhaltspunkte, die den Täterkreis eingrenzten. Einzelheiten wollte der Sprecher mit Hinweis auf die laufenden Ermittlungen jedoch nicht nennen.

Jamal faltet die Zeitung zusammen. Er stützt seine Ellbogen auf den Küchentisch und spürt jener Ahnung nach, die ihn beim ersten Überfliegen der Zeilen berührt hat.

Er hört die Klospülung und kurz darauf das Knacken der aufspringenden Badezimmertür. Schritte nähern sich.

„Du bist ja schon auf."

Seine Mutter steht in der Tür und lächelt müde. Sie trägt Pants und ein kurzes Shirt, das sie sich vermutlich von Lalita geborgt hat. Jamal weiß nicht, was mit ihr los ist, schon seit Monaten läuft sie wie ein Girlie herum. Vielleicht eine Art von Midlife-Crises.

„Westwind", sagt er. In der Familiensprache heißt das so viel wie: *Konnte nicht schlafen, weil der Lärm der nahe gelegenen Auto-bahn wieder zu laut war.*

„Ich hab nichts gehört."

Seine Mutter gähnt und fährt sich mit den Fingern durch ihr zerzaustes Haar. Sie holt ein Glas aus dem Schrank, lässt Wasser hineinlaufen und setzt sich an den Tisch. Sie blättert die Zeitung auf und wirft einen Blick auf die Lokalseite.

„Papa musste den Wagen nehmen, er hat irgendeine Stadt-planungssitzung in Mannheim", erklärt sie. „Ich muss erst um neun in die Praxis, wenn ihr wollt, bring ich euch mit der Bahn zur Schule."

Jamal hebt die Brauen. „Fängst du jetzt auch noch an?"

Seine Mutter hebt das Kinn. „Schenkst du deiner Putzfrau einen Kaffee ein?"

Jamal steht auf, nimmt ihre Bauchtasse vom Haken, schüttet Kaffee rein, gibt zwei Stück Zucker dazu, rührt um und stellt den Humpen vor sie auf den Tisch.

„So ist es brav." Seine Mutter grinst. „Anscheinend wird doch noch ein anständiger Mensch aus dir."

„Lass dir ruhig Zeit", sagt Jamal. „Ich fahr lieber allein zur Schule. Aber vielleicht will Lali ja von dir gebracht werden. Sie hat heute erst zur zweiten. Pass nur auf, dass dich die Lehrer nicht mit ihr verwechseln."

Den letzten Satz sagt er nicht, um seine Mutter zu ärgern, sondern weil er weiß, dass sie sich darüber freut.

Fünf Minuten später drückt er die Tür ins Schloss. Er ist früh dran, weil er es daheim nicht mehr aushält. Wie gewohnt fährt er mit der U-Bahn zur Hauptwache, schlendert über die ausgestorbene Zeil zur Konstablerwache und steigt dort in die Straßenbahn nach Bornheim. Seit ihrem Umzug vor zwei Jahren benötigt er für den Weg zur Schule eine dreiviertel Stunde, dennoch ist er froh, dass er damals nicht auf eine andere Schule wechseln musste, denn er geht gern aufs Böll-Gymnasium, weil er dort gute Freunde hat, weil es unter den dortigen Lehrern kaum Ultras gibt und weil die Gemäuer nach Schule riechen.

In der Straßenbahn sitzt er neben einer Frau, die jeden Seufzer ihres Kleinkinds für die Mitwelt übersetzt. Am Hessendenkmal steigt ein Alter mit strähnigen grauen Haaren und fleckiger Haut zu, der seine prall gefüllte Plastiktüte wie einen Schild vor sich her trägt und mit sich selbst redet.

„Wenn du sie anrufen willst, steig doch in den Keller, du Schwachkopf, da bist du ungestört und kannst so viel sülzen, wie du willst!"

Der Alte schlurft an ihnen vorbei. Jamal hört ihn weiter brabbeln, ohne ein Wort zu verstehen.

„Mann, au!", schreit das Kleinkind neben ihm.

Seine Mutter streichelt ihrem Kind übers Haar. „Das hast du gut beobachtet", sagt sie ernst, „ich glaube auch, dass der Mann ein Au hat."

„Mann, au! Mann, au!"

Wie vorhin sucht sie Jamals Blick. „Manche Menschen haben ein Au im Kopf", erklärt sie, als ob sie nicht mit ihrem Kind, sondern mit ihm redete. „Denen muss man helfen."

Jamal dreht sich zur Seite. Im Spiegel der Scheibe beobachtet er, wie der Kleine seiner Mutter unbekümmert ins Gesicht patscht.

„Au! Au! Au!"

Seine Mutter verteidigt sich stumm. Im Grunde bedürfte sie Hilfe.

Eine Haltestelle früher als sonst steigt Jamal aus und folgt einem älteren Paar in den Günthersburgpark. Er läuft über das Gras, an mächtigen Kastanien, Linden und Platanen vorbei, deren Blätter im Licht der tief stehenden Sonne wie feuchte Ölfarben glänzen. Das Café im Büdchen ist noch geschlossen, und der Spielplatz gegenüber wirkt ohne Kinder so traurig wie eine Leuchtreklame, der ein Buchstabe fehlt.

Gemeinsam mit zwei Joggern verlässt Jamal den Park. Neben einem Kleidercontainer türmen sich Säcke und Tüten, vom Recyclinghof gegenüber rollt eine Kolonne Kehrfahrzeuge und fädelt in den Verkehr ein. Verwesungsgeruch liegt in der Luft. Er wechselt die Straßenseite und beschleunigt seinen Schritt, doch der faulige Gestank verfolgt ihn fast bis zur Schule, ganz so, als läge ein Pesthauch über der Stadt.

Pesthauch?

Abrupt bleibt Jamal stehen. Verdammt! Mit einem Mal ist ihm alles klar. Seine Ahnung – sie offenbart sich ihm in einem einzigen Wort. Jasmins Freundin Thea hat es vor einigen Wochen in seinem Beisein benutzt. Jamal erinnert sich vor allem an Jasmins Reaktion. Seine Freundin hat sich vor Lachen gebogen.

„Pestbeulen, ja genau, alle Lehrer sind Pestbeulen, du sagst es!"

Dienstag, 31. März, 9.50 Uhr

Doppeldoc muss eine Anweisung erhalten haben. Aus freien Stücken würde Dr. phil. Dr. rer. nat. Konstantin Mayer das Labyrinth der Geschichte niemals verlassen. Schon gar nicht, um sich sehenden Auges in den Sumpf der Gegenwart zu begeben. Für ihn als Historiker existiert nur das, was vergangen, besiegelt und

26

abgeschlossen, was datiert, analysiert und in dicken Wälzern dokumentiert worden ist.

„Die Drohung mit einem Amoklauf kann ernste strafrechtliche Konsequenzen haben", doziert er, während er sich an sein Din-A-4-Blatt klammert wie ein Stadtmensch an seiner Wanderkarte im Gebirge. „Sie reichen von hohen Geldbußen bis hin zu mehrjährigen Haftstrafen."

Durch einen Teil der Klasse geht ein leises Raunen. Floyd und Gypsie stecken die Köpfe zusammen. Gypsie tippt sich an die Stirn.

„In Betracht kommen verschiedene Straftatbestände. Beispielsweise die Störung des öffentlichen Friedens durch Androhung einer Straftat", fährt ihr Geschichtslehrer fort. „Ich zitiere Paragraf 126 Strafgesetzbuch: *Wer in einer Weise, die geeignet ist, den öffentlichen Frieden zu stören, einen Mord, Totschlag und so weiter und so weiter androht, wird mit einer Freiheitsstrafe bis zu drei Jahren oder mit einer Geldstrafe bestraft.*" Mayer sieht auf, lässt seine Blicke kreisen und kratzt sich wie gewohnt an der Hand. „In einem vergleichbaren Fall aus München wurde ein Berufsschüler in einem Schnellverfahren zu einem Jahr Haft auf Bewährung und dreihundert Sozialstunden verurteilt. Neben dem Strafrecht ..."

Doppeldoc hält jäh inne. Sein eisiger Blick haftet an Floyd. „Störung des öffentlichen Friedens, kommt ihm das bekannt vor?"

Floyd zieht den Kopf ein und läuft feuerrot an. Augenblicklich ist es still in der Klasse.

„Letzte Warnung!" Doppeldoc fährt sich theatralisch durchs graumelierte Haar. „Da darf er sicher sein." Ohne von seinem Zettel aufzusehen, beginnt er, durch die Reihen zu marschieren. „Neben dem Strafrecht", fährt er fort, „bietet auch das Zivilrecht ausreichend Handhabe, um gegen potenzielle Täter und Trittbrettfahrer vorzugehen. Beispielsweise muss ein Schüler, der mit einem Amoklauf droht, prinzipiell für die Kosten des damit verbundenen Polizeieinsatzes aufkommen. Diese betragen in der Regel mehrere zehntausend Euro und können im Einzelfall sogar bis auf über eine Million Euro steigen."

Vor Jamals Tisch bleibt Mayer stehen. Während er seine Brille zurechtrückt, sollen sich seine Worte setzen.

„Eine Million Euro", wiederholt er nach einer Weile. „An den Auswirkungen seines ... Streichs" – mit spitzem Finger malt ihr Lehrer Gänsefüßchen in die Luft – „können sich unser Witzbold und seine Eltern dann ihr ganzes Leben lang erfreuen."

Selbstzufrieden schreitet er zurück zu seinem Pult und legt die Wanderkarte aus seiner Hand. Anscheinend ist er am Ziel angekommen. Ob sich seine Mission erfüllt, muss die Geschichte erweisen.

Dienstag, 31. März, 19.20 Uhr

Jamal zieht die Dame von d1 auf a4. „Schach."

„Bist du sicher?"

„Sicher."

Sein Vater streicht sich versonnen übers Kinn. Wäre Jamal bei der Sache, wüsste er diese Geste zu deuten. So aber nimmt er sie noch nicht einmal wahr.

„Wie du willst."

Sein Vater zieht den Springer und kassiert seine Dame. Jamal sieht ungläubig zu. Er versucht sich aufs Spiel zu konzentrieren, doch es ist zu spät. Nach drei weiteren Zügen ist er schachmatt.

„Nicht dein Tag heute, was?"

Jamal schweigt. Nein, ganz gewiss ist heute nicht sein Tag. Jasmin stellt sich noch immer tot. Jetzt, da er zu wissen glaubt, was mit ihr los ist, brennt sich ihm ihr Schweigen noch tiefer ins

Herz. Dass sie kein Vertrauen zu ihm hat, ist offensichtlich. Mehrmals war er kurz davor, einfach loszufahren und bei ihr zu klingeln, doch im letzten Augenblick hat ihn stets eine innere Stimme zurückgehalten.

Schließlich lässt ihr Schweigen nur den einen Schluss zu.

Sie will nicht mit dir reden, sie will dich nicht sehen, sie braucht dich nicht.

Sein Vater greift zur Fernbedienung, während Jamal zum wiederholten Male die Felder auf dem Schachbrett zählt. 32 weiße und 32 schwarze. Sein König liegt tot auf dem Brett, weder Bauern noch Läufer konnten ihn schützen. Unterbewusst registriert er den Jingle der *Hessenschau* und horcht auf, als die Moderatorin zu sprechen beginnt.

„Der über eine Drohmail angekündigte Amoklauf an einem Frankfurter Gymnasium hat sich als missratener Schülerstreich entpuppt. Wie die Polizei am Abend auf einer kurzfristig anberaumten Pressekonferenz bekanntgab, haben zwei Schülerinnen im Alter von fünfzehn und sechzehn Jahren die Tat gestanden. Zusammen mit ihren Eltern seien sie am Nachmittag ins Polizeipräsidium gekommen und hätten ein umfassendes Geständnis abgelegt. Mein Kollege Thorsten Franz ist für uns vor Ort und hat die Pressekonferenz verfolgt. Thorsten, sind denn schon die Motive der Täterinnen bekannt?"

Atemlos beobachtet Jamal, wie am oberen Rand des Fernsehers ein Bild erscheint, das einen Mann mit Dreitagebart vor der Front des Polizeipräsidiums zeigt. „Weitgehend, Gabi." Jamal hat den Eindruck, als blickte ihm der Bärtige direkt in die Augen. „Die beiden Schülerinnen hätten den vermeintlichen Streich aus Langeweile ausgeheckt, heißt es von Seiten der Polizei. Vor allem die Aussicht auf einen zusätzlichen Ferientag habe sie getrieben."

„Das heißt dann wohl, dass die Täterinnen selbst aufs Gymnasium gehen", schlussfolgert die Moderatorin. „Hat die Polizei denn mitgeteilt, auf welches?"

Der Reporter schüttelt den Kopf. „Um die Identität der minderjährigen Mädchen zu schützen, blieb der Name des betreffenden Gymnasiums ungenannt. Dessen ungeachtet betonte der Polizeipräsident auf der Pressekonferenz, dass die Schülerinnen aus intakten Elternhäusern stammen."

Das Bild wechselt und zoomt einen älteren Mann im Anzug heran, der in ein Dutzend Mikrofone spricht.

„Die Täterinnen wollten eigenen Angaben zufolge mit absichtlich überzogenen Formulierungen deutlich machen, dass es sich nur um einen Scherz handelt", verkündet er, wobei er mit gerunzelter Stirn in die Kamera blickt. „Nachdem ihnen das ganze Ausmaß ihrer unverantwortlichen Tat bewusst geworden ist, sind sie jedoch zu einer neuen Bewertung ihres Handelns gekommen und haben sich, getrieben von ihrer Angst und ihrem schlechten Gewissen, schließlich beide ihren Eltern anvertraut."

Am unteren Rand des Bildschirms erscheint ein Schriftzug mit dem Namen des Polizeipräsidenten, der, bevor er weiterredet, seine Brille zurechtrückt.

„Ich darf hinzufügen, dass die Täterinnen mit diesem Schritt einem unmittelbar bevorstehenden Zugriff der Polizei zuvorgekommen sind. Wie Ihnen bereits bekannt ist, hat sich eine fünfköpfige Sonderkommission intensiv mit dem Fall befasst. Hinweise aus dem Umfeld der Personen hatten den Kreis der Tatverdächtigen bereits entscheidend eingegrenzt. Den schnellen Fahndungserfolg verdanken wir letztlich einem hochmotivierten Team von Beamten, die unter dem immensen Erfolgs- und Erwartungsdruck der Öffentlichkeit rund um die Uhr in alle Richtungen ermittelt haben."

Als sich der Polizeipräsident von der Pressekonferenz verabschiedet, brandet Applaus auf. Im selben Moment erscheint wieder das Gesicht des Reporters.

„Mit dem Geständnis der beiden Täterinnen ist Tausenden von besorgten Frankfurter Schülern, ihren Eltern und Lehrern ein Stein vom Herzen gefallen", beendet er seinen Bericht. „Für die zwei jungen Frauen jedoch wird ihr dummer Streich dem Vernehmen nach ein juristisches Nachspiel haben. Ermittelt werde, so heißt es aus Kreisen der Staatsanwaltschaft, unter anderem wegen Störung des öffentlichen Friedens. Und damit zurück ins Studio."

„Thorsten Franz berichtete live vom Frankfurter Polizeipräsidium", fährt die Moderatorin fort und wirft einen Blick auf ihre Notizen. „Hinzuzufügen bleibt, dass der Landesschülerbeirat in der Zwischenzeit das Vorgehen des Kultusministeriums scharf kritisiert hat. Nach der Amok-Drohung sei in unverantwortlicher Weise Panik geschürt worden, sagte die Vorsitzende des Schülerbeirats, Tanja Kuhn, in einem Gespräch mit HR-Info. Zudem habe das Kultusministerium die Schulen mit den Folgen weitgehend allein gelassen. Statt den Betroffenen beizustehen, übe man sich wie gewohnt in Aktionismus, kritisierte Kuhn. Dazu gehöre auch das von einigen Politikern geforderte Verbot sogenannter Killerspiele. Ein solches Verbot lehne der Schülerbeirat strikt ab. Sogenannte Egoshooter seien niemals Motor der Gewalt, würden aber nur allzu gern ins Feld geführt, um von den wahren Ursachen der Gewalt abzulenken. Die seien in aller Regel im sozialen Umfeld der Täter und häufig auch in der fehlenden Integration von Randgruppen zu suchen, sagte die Schülerbeiratsvorsitzende. Zu unserem nächsten Thema ..."

„Gott sei Dank ist der Spuk vorüber", bemerkt sein Vater und sucht seinen Blick.

Jamal reagiert nicht. Dass sein Vater eine der Übeltäterinnen kennen könnte, kommt ihm natürlich nicht in den Sinn. Geschweige denn, dass er sie selbst erst kürzlich zum Essen eingeladen hat. Es gab geschmortes Lamm an Harissa, Koriander und Aprikosen. Über Jasmins Lob hatte sich sein sonst so bescheidener Vater mehr gefreut, als er seinem Sohn gegenüber zugeben wollte. „Ein Mädchen, für das zu kochen sich lohnt", hatte er nachher bemerkt und dabei vieldeutig gelächelt.

Mood: stirred up
Music: The Offspring

In der Anstalt herrscht weiter Aufruhr. Die Hysterie der Leerkörper nimmt einfach kein Ende. Als ob wir gerade so an einem neuen Nine/Eleven vorbeigeschrappt wären. Ihre betroffenen Gesichter sind nur noch peinlich. Ihr stereotypes Gerede ödet mich an. Meinen sie tatsächlich, sie könnten irgendwen mit ihren leeren Phrasen beeindrucken?

Inzwischen haben auch die Hohlköpfe wieder Auftrieb. Schwimmen wie Fettaugen obenauf und müssen immerzu wichtig tun – im Unterricht, in den Pausen und am liebsten vor den Kameras der sensationsgeilen Systemmedien. Am liebsten würde ich mir Wachs in die Ohren stopfen, damit ihre verschissene Welt draußen bleibt und ich nur noch meinen eigenen Herzschlag höre – den Takt meines Lebens.

Wie sehr sehne ich mich nach Ruhe!

Ich muss nachdenken.

Gelegenheiten zur Besinnung finde ich derzeit merkwürdigerweise fast ausschließlich inmitten der Hektik des Terminals 2. Während ich nachmittags den Mopp über den Boden schiebe, den Rotz der Reisenden aufwische und dafür den glänzenden Schein der Reinheit in die Welt der Reichen poliere, kehrt tief in meinem Inneren eine seltsame Stille ein, die alle überflüssigen Worte schluckt.

Nie hätte ich gedacht, dass ich diesem Job irgendwann einmal etwas abgewinnen könnte!

Der Alte würde jubeln.

Siehst du, ich habe es dir doch gesagt, Junge, oder etwa nicht? Bewirb dich auf die Stelle, da musst du dich nicht groß anstrengen.

Glaub mir, Junge, so einfach würde ich mein Geld auch gern verdienen.

Wenn er den Mund aufmacht, ploppen nur Sprechblasen heraus. Er lebt in seiner abgezirkelten Welt, speist sich vom Geld der anderen und hat keine Ahnung, was er aus seinem miesen Leben alles machen könnte. Warum fragt er nicht mich? Ich würde ihn lehren, wie man die Monotonie des Daseins in Leere verwandelt und im Nichts zu sich selbst findet.

Es ist so einfach!

Während der blanke Boden den Himmel spiegelt, steht die Welt Kopf. Ich versenke meinen Geist in das Wolkenmeer und beobachte, wie meine Gedanken durch die grenzenlose Weite trudeln und nirgendwo anecken. Manchmal sehe ich mein Spiegelbild. Ich trage Gi und Hakama. Ich bin bereit.

Nur Opa hält mich noch zurück, zu tun, was zu tun bleibt. Er ist der einzige Mensch auf der Welt, der mich versteht. Bei ihm darf ich so sein, wie ich bin, er hört mir tatsächlich zu und gibt mir nicht ständig das Gefühl, alles falsch zu machen, oder irgendwelche Ratschläge, wie ich mein Leben zu leben habe, damit ich ein *vollwertiges* Mitglied der Gesellschaft werde. Opa genügt es, dass ich da bin und mich um ihn kümmere, so wie er sich immer um mich gekümmert hat, wenn der Alte wieder mal in seinem verfickten Selbstmitleid ertrank.

Könnte ich noch einmal auf die Welt kommen, würde ich mir wünschen, dass Opa mein Vater wäre. Dann würden wir gemeinsam nach Alaska ziehen, wo uns niemand kennt, in einer Blockhütte leben mit einer eigener Cessna und den ganzen Tag über Lachs angeln, den wir abends am Lagerfeuer grillen.

In sieben Tage zerfällt die Woche.

Von Tag zu Tag sehe ich klarer.

Hinter jeder Tür, die sich mir öffnet, erblicke ich einen Teil jenes Weges, den ich gehen muss, um an mein Ziel zu gelangen.

Meine Bestimmung.

Wenn nur diese mörderische Hitze nicht wäre. Letztes Jahr hat es um diese Zeit noch geschneit, jetzt brennt mir die verdammte Sonne Löcher ins Hirn. An manchen Tagen erscheint mir das Terminal wie ein riesiges Treibhaus, in dem Illusionen gedeihen, Trugbilder einer nie gewesenen Welt. Dann stehe ich da und sehe den Zombies nach, die ihren Träumen hinterher hasten, sie einzufangen versuchen wie schillernde Seifenblasen, die im selben Moment, da sie sie berühren, vor ihren Augen zerplatzen.

Verkehrte Welt!

Wenn Opa stirbt, habe ich keinen Verbündeten mehr.

Dann gibt es keinen Grund mehr zu warten.

Kerim sagt, dass sie einem den Lohn selbst dann bar auszahlen, wenn man von einem Tag auf den anderen kündigt. Ich habe nachgerechnet. Schon in einer Woche hätte ich genug Geld zusammen, um zu tun, was zu tun bleibt.

„Hast du das gewusst? Hast du mein Kind auf diese Idee gebracht? Das ist doch irrsinnig, ich versteh euch nicht, was geht denn bloß in euch vor?"

Jasmins Mutter sieht ihn nicht an. Ihre verquollenen Augen suchen den Himmel über ihm nach einem Fleckchen ab, wo sie verweilen, wo sie einen Moment lang ausruhen kann.

Jamal blickt an ihr vorbei in den Flur, von dort ins Wohnzimmer und weiter durch die offenstehende Verandatür in den Garten.

„Kann ich bitte mit ihr sprechen?"

Jasmins Mutter hört ihn nicht. Sie rollt ihren Kopf im Nacken, die schmalen Hände zu Fäusten geballt.

„Sie kommt ins Gefängnis. Was soll denn dann aus ihr werden?"

Jamal widersteht dem Impuls, sich an ihr vorbei ins Haus zu drängen, die Treppe hochzustürzen, Jasmins Tür aufzureißen und ... Er will sie nur halten, ihr ohne Worte mitteilen, dass er zu ihr steht, dass er für sie da ist, dass sie sich nicht vor ihm zu verstecken braucht.

„Mein Kind muss ins Gefängnis", murmelt Jasmins Mutter, wendet sich ab und drückt die Haustür ins Schloss.

Minutenlang verharrt Jamal auf der Schwelle und starrt auf das rot umrandete Fenster in der weißen Haustür, das sich vor seinen Augen in den grell geschminkten Mund eines Clowns verwandelt, der ihn unablässig verhöhnt.

Als er sich endlich auf den Weg macht, bemerkt er am Zaun gegenüber einen alten Mann, der ihn mitleidig anstiert. An der Straßenecke dreht sich Jamal noch einmal um und blickt zurück. In Jasmins Fenster spiegelt sich die Krone der Kiefer vor ihrem Haus. Er drückt die Wahlwiederholung, lässt es klingeln, bricht ab, wählt erneut, presst sein Smartphone ans Ohr und beobachtet, wie der Alte seinen Kopf schüttelt, als wüsste er, dass an diesem Tag ganz gewiss niemand mehr drangeht.

Donnerstag, 2. April, 13.55 Uhr

Was für ein Tag! Als ob die zäh verrinnenden Stunden in der Schule, der quälend langweilige Unterricht und die drückende Hitze im Klassenraum nicht schon schlimm genug gewesen wären, ist ihm auf dem Rückweg auch noch die Straßenbahn vor der Nase weggefahren, sodass er den Anschluss verpasst hat und in der sengenden Sonne fast eine halbe Stunde auf die nächste S-Bahn warten musste. Dass seine Mutter nicht an ihr Handy geht, bedeutet, dass sie noch in der Praxis ist und er sich folglich eine Pizza in den Backofen schieben muss, wenn überhaupt noch eine im Gefrierfach ist, wenn nicht, wird er Brot essen müssen, worauf er nicht die geringste Lust hat.

Vor dem Haus lungern die üblichen Verdächtigen herum, unter ihnen der große Bruder der kleinen Leonie und einige Kids aus der Nachbarschaft, alle in Boxerjacken und extragroßen Turnschuhen. Da er an ihnen vorbei geht, wippen sie mit den Füßen, die Hände in ihren Hosentaschen, und blasen Rauch in die Luft, wobei die coolsten die Arme verschränken und ihn herausfordernd ansehen.

Während Jamal mit dem Aufzug in den fünften Stock fährt, wiederholt eine Stimme in ihm Verse jenes Gedichts, das sie am Vormittag in Englisch interpretieren mussten:

> *They all keep wondering what makes me so sad*
> *And they ask me from morning to night.*
> *I can't stand their questions, they drive me mad!*
> *If they leave me in peace, I'm all right.*

Jamal kennt nicht viele Gedichte, und von Elizabeth M. Messer hatte er vor der Englischstunde noch nie etwas gehört, aber ihre Verse hat er sich gemerkt, weil sie seine derzeitige Stimmung ziemlich genau beschreiben.

Er schließt die Wohnungstür auf. Auf dem Boden liegt ein Zettel von Lalita.

Bin bei Mareen. Wir lernen für Bio. Schreiben morgen einen Test. Ich komme um sechs wieder. Kuss, Lala!

Jamal lässt den Zettel liegen und geht ins Wohnzimmer, wo es stickig ist, weshalb er die Balkontür aufreißt und hinaus tritt. Dunstschleier hängen über der Stadt. Von der Skyline sind nur verschwommene Umrisse zu sehen. Er blickt hinab in den Hof. Am Rande des Spielplatzes sitzen Frauen auf Bänken und sehen ihren Kindern beim Spielen zu. Die Kleinen wühlen im Sand oder hangeln sich durchs Klettergerüst. Unversehens fängt eines der Kinder an zu brüllen. Eine Frau springt auf, pflückt es vom Boden und drückt es an sich. Augenblicklich verstummt das Geschrei.

Jamals Blick fällt auf das an der Hauswand befestigte Thermometer. 34 Grad. Und es ist erst Anfang April! Selbst hier oben, auf den Hügeln der Neustadt, ist es absolut windstill. Wenn man in den Himmel blickt, meint man, durch eine verschmierte Scheibe zu sehen. Er sehnt sich nach Regen, der die Luft reinwäscht und die Schwüle fortschwemmt.

In der Schule gab es auch an diesem Tag nur ein einziges Thema. In der Pause machten Gerüchte die Runde, dass die Verfasserinnen der Drohmail ihren Amoklauf bereits bis ins kleinste Detail ausgetüftelt hätten und sich in Anlehnung an Eric Harris und Dylan Klebold, den beiden Attentätern der Columbine High School, Harriet and Cleo genannt hätten. Wer denkt sich einen solchen Schwachsinn aus?

Jamal sieht nach, was das Gefrierfach hergibt. Wie befürchtet sind die Pizzen aus. Dafür entdeckt er im Kühlschrank einen halben Topf Ravioli. Er hat sich gerade einen Teller abgefüllt und in die Mikrowelle geschoben, als jemand die Wohnungstür aufschließt.

„Ist einer zu Hause?"

„Bin in der Küche!"

Seine Mutter kommt herein, stellt einige Tragetüten ab und gibt ihm einen Kuss.

„Was für ein Tag!", stöhnt sie und lässt sich auf einen der Küchenstühle fallen. „Die Hitze, scheint es, macht die Leute ganz kirre. Du glaubst nicht, was heute bei uns los war. Im Wartezimmer ist eine Frau kollabiert, und irgend so ein Typ hat der Ruth kurz vor Ende der Sprechstunde Prügel angedroht, wenn sie ihn nicht auf der Stelle zum Doktor reinließe."

„Und?"

„Glaub mir, mit dem war nicht zu spaßen. Um die Situation zu deeskalieren, hat ihn der Chef gleich drangenommen, während wir die Polizei gerufen haben, schließlich kann man das solchen Typen nicht einfach durchgehen lassen."

„Ravioli?"

„Wenn noch was da ist."

Nachdem ihr Jamal einen Teller heiß gemacht hat, löffeln sie schweigend ihre Nudeln. Mehrmals sieht seine Mutter auf, doch er weicht ihren Blicken aus. Irgendwann legt sie den Löffel weg und greift seine Hand.

„Nun sag schon, was ist los?"

Er schüttelt den Kopf, will nicht reden, doch ihr Blick lässt ihn nicht los.

„Ich sehe doch, dass dich was bedrückt. Geht es um Jasmin? Habt ihr euch gestritten?"

Jamal bläst die angehaltene Luft aus. „Lass gut sein."

Stumm leert er seinen Teller. Als er sein Geschirr in die Spülmaschine räumt, steht sie plötzlich hinter ihm und nimmt ihn
in den Arm. Unversehens schießen ihm Tränen in die Augen,
worauf sie seine Hand nimmt und ihn ins Wohnzimmer zieht.
Kaum sitzen sie auf dem Sofa, sprudelt alles, was sich in den letzten Tagen angestaut hat, aus ihm heraus. Angefangen bei seinen
vielen vergeblichen Anrufen über seinen vagen Verdacht bis hin
zu jenem Augenblick, da er Jasmins Mutter gegenüber stand und
sie ihm wortlos die Tür vor der Nase zuschlug.

„Jasmin."

Wie seine Mutter den Namen ausspricht, sagt viel über ihre
Beziehung zu ihr. Nicht dass sie Jasmin nicht leiden könnte.
Doch Jamal ahnt, dass ihr Jasmin zu forsch ist, zu unbekümmert,
zu selbstgewiss. Im Selbstverständnis seiner Mutter sind die Eltern
die Bestimmer. Zwar hat es Jasmin weder ihr noch seinem Vater
gegenüber jemals an Respekt fehlen lassen; doch dass sie ihnen
stets auf Augenhöhe begegnet, irritiert seine Mutter, weit mehr
als seinen Vater.

Jamal bereut schon, sich seiner Mutter anvertraut zu haben,
als sie ihn mit einer Idee überrascht.

„Warum schreibst du Jasmin nicht einen Brief?"

„Einen Brief?"

Seine Mutter hält ihn an den Schultern und sieht ihm in die
Augen. „Du hast ganz richtig gehört. Keine E-Mail oder Nachricht auf den Messenger, ich rede von einem echten Brief, einen,
den man mit der Hand schreibt, in einen Umschlag steckt, mit
einer Briefmarke versieht und den der Postbote am nächsten
Morgen bei ihr einwirft." Sie wehrt seinen stummen Einwand
ab. „Einen Brief, den Jasmin, kaum dass sie ihn in der Hand hält,
ungeduldig aufreißen wird, da bin ich mir sicher, denn Mädchen
mögen das, Mädchen sind, egal wie cool sie sich nach außen
geben, ihrem Wesen nach romantisch. Im Ernst. In einem Brief

könntest du ihr all das mitteilen, was dir gerade durch den Kopf geht, könntest ihr deine Hilfe anbieten, ohne aufdringlich zu wirken. Und wenn sie auch darauf nicht reagiert, dann kannst du sie endgültig abschreiben, denn dann ist sie es nicht wert, dann verdient sie es nicht, von meinem außergewöhnlichen Sohn geliebt zu werden."

Mood: enraged
Music: Megadeth

Ich halte das nicht mehr aus! Dieses elende, verschissene Leben!

Vorhin war ich mit dem Alten im Krankenhaus. Opa geht es von Tag zu Tag schlechter. Der Alte hat wieder geheult. Ich hasse das, wenn er sich in Opas Gegenwart so gehen lässt. Ich sehe doch, wie Opa leidet. Ich musste ihn rausschicken, erst dann war Ruhe.

Seit Opa die Kanüle im Hals steckt, schweigen wir uns bloß noch an. Manchmal verschwimmen seine Augen, dann muss ich wegsehen. Die ganze Zeit habe ich seine Hand gehalten, die sich anfühlte wie die eines Toten, dünn und kalt, die Haut wie Pergament, darunter nur Knorpel und Knochen, aber kein Leben.

Da war diese Schmeißfliege. Erst krabbelt sie über seinen Schlafanzug, dann auf seine Brust, von dort auf seinen Hals und weiter zum Kinn. Fast wäre sie ihm noch in den Mund gekrochen. Und Opa? Der hält die ganze Zeit still, als ginge ihn die Drecksfliege gar nichts an! Sie spaziert auf ihm herum, und er zuckt noch nicht einmal, geschweige denn, dass er das Mistvieh tötet! So als habe er mit allem längst abgeschlossen. Dabei hätte doch ein einziger Schlag genügt, um sie platt zu machen, was ich dann für ihn erledigt habe, nachdem ich sie durchs ganze Zimmer gejagt und am Fenster endlich erwischt habe!

Als der Alte wieder auftaucht, hat er seine Braut im Schlepptau. Sie geht seit Monaten bei uns ein und aus. Er sagt, seit Mamas Tod verspüre er das erste Mal wieder „echte" Liebe. Was will er mir damit sagen? Dass er geil auf sie ist? Und überhaupt, was soll das denn heißen? Gibt es auch „unechte" Liebe?

Je länger sie zusammen sind, desto häufiger frage ich mich,

wie der Alte an sie herangekommen ist. Seine Braut passt nicht zu ihm. Sie ist zwanzig Jahre jünger als er. Sie spielt in einer anderen Liga. Entweder hat sie irgendein Psychoproblem und benutzt den Alten als Therapeuten, oder er bezahlt sie für ihre Dienste – etwas anderes fällt mir nicht ein.

Jedenfalls kommen die beiden Händchen haltend herein! Sie hat wieder ihr Banker-Kostüm an und ihre hohen Pumps und ihre Bluse zur Hälfte aufgeknöpft, sodass man ihre Titten sehen kann. Als sie sich neben mir ans Bettende setzt und ihre Beine übereinander schlägt, bekomme ich einen Harten. Obwohl ich nicht will, muss ich immer wieder hinsehen, wobei ich die ganze Zeit ein schlechtes Gewissen habe, weil ich, während Opa im Sterben liegt, am liebsten die Braut meines Alten poppen würde.

Irgendwann habe ich es nicht mehr ausgehalten und bin abgehauen. Der Alte musste mich vor seiner Liebsten noch unbedingt in den Arm nehmen, als seien wir ein Herz und eine Seele. Nur Opa zuliebe habe ich mitgespielt. Seine Braut ist sitzen geblieben und hat mir die Hand gegeben wie einem ihrer Geschäftspartner. Keine Ahnung, ob sie was gemerkt hat, aber wenn sie so rumläuft …

Opa hat mich mit seinen verschwommenen Augen angesehen, als sei es unser letzter Abschied. Ich kann diesen Blick nicht ertragen! Tatsächlich halte ich ihn nur aus, indem ich mir vorstelle, dass er die Welt wahrscheinlich gar nicht mehr anders betrachten kann als durch den Tränenschleier des Abschieds.

Jamals T-Shirt klebt an seinem Rücken. Das Geläut zur großen Pause hat ihm das Leben gerettet. Gerade hatte ihn Dombrowski nach vorn gerufen und aufgefordert, über dem Bunsenbrenner einen Tropfen Speiseöl zu erhitzen und anhand der Farbe ein chemisches Element zu bestimmen. Kein Fach hasst Jamal mehr als Chemie, weshalb er am Ende eines jeden Schuljahres froh ist, wenn er den Elementen mit einer Vier minus entrinnt.

Als er hinter Floyd und Kafka ins Freie tritt, sticht ihm das Licht in die Augen. Die Hand an der Stirn, verharrt er auf der Treppe und lässt seine Blicke schweifen. Die meisten Schüler drängen sich in den Schatten der Pausenhalle. An der Mauer, die den Hof von der Straße trennt, kauern Luka und Milos. Gerade blicken sie drei Schülerinnen aus der Neunten hinterher. Unweit von ihnen dreht Marlon seine Runden, wie so oft ein Buch in der Hand, aus dem er sich, seinen sich bewegenden Lippen nach zu urteilen, selbst vorliest. Beck lümmelt am Parkplatz herum. Seit der Nummer vom Montag ist es noch einsamer um ihn geworden.

Jamal steuert auf Luka und Milos zu. Von der anderen Seite nähert sich Fabian. Er wedelt mit einer Zeitung. „Habt ihr schon gesehen?" Auf dem Titel des Boulevardblatts ist das Portrait eines braunhaarigen Mädchens zu sehen, das in die Kamera lächelt. „Hättet ihr gedacht, dass *Miss Amok* derart hammermäßig aussieht?"

Jamal stockt der Atem. Wortlos reißt er Fabian die Zeitung aus der Hand. Jasmin lächelt ihn an. Das Portrait hat sie vor einem Jahr im Studio machen lassen. An dem Tag, als sie ihm das Bild geschenkt hat, hatte sie dasselbe Kleid an wie auf dem Foto.

„Kennst du die?", fragt Luka.

Fabian stößt ihn in die Seite. „Sag nicht, du hattest mal was mit der?"

Jamal antwortet nicht. Er blättert die Zeitung auf. Eine Doppelseite mit vielen Fotos und wenig Text. Jasmin als Baby, Jasmin im Kindergarten, Jasmin auf einem Pony, Jasmin auf einem Karussell. Auf jedem Foto lächelt sie oder winkt in die Kamera. Ein Bild zeigt sie Arm in Arm mit ihrer Mutter, im Hintergrund ihre kleine Schwester auf einer Schaukel. Auf einem anderen, da ist sie zwölf oder dreizehn, hockt sie im weihnachtlich beleuchteten Wohnzimmer vor dem Christbaum und packt ein Geschenk aus. Über die zwei Seiten zieht sich eine fette Überschrift:

„Aber wir waren doch immer für unser Kind da!"

Jamal muss den Artikel nicht lesen, um zu wissen, was drin steht. Die entscheidenden Begriffe sind hervorgehoben – *behütete Kindheit, verzweifelte Eltern, hübsches Mädchen, intelligenter Teenager* und immer wieder *Miss Amok*. Jamals Blick fällt auf einen Kasten am unteren Rand. Ein Interview mit einem Jugendforscher. Jamal meint, ihn erst kürzlich in einer Talk-Show gesehen zu haben.

„Unsere Kinder brauchen wieder Werte!"

Luka lässt nicht locker. „Lief da mal was zwischen euch?"

Jamal ignoriert seine Frage. Sorgsamer als nötig faltet er die Zeitung zusammen und gibt sie Fabian zurück. Dabei weiß er, dass er um eine Erklärung nicht herumkommt.

„Nun mach's nicht so spannend", drängt jetzt auch Milos.

„Wir sind", Jamal unterbricht sich, „oder besser wir waren mal ... befreundet."

„Definiere *befreundet*", erwidert Fabian und grinst.

„Und das erzählst du uns erst jetzt?" Luka reißt die Brauen hoch, als hätte Jamal im Lotto gewonnen.

„Ich hatte selbst keine Ahnung", redet der sich heraus.

„Sind die Bilder gefotoshopt?", will Milos wissen.

„Das musst du schon selbst herausfinden", antwortet Jamal.

Fabian grinst. „Dann sollten wir uns bald mal auf den Weg machen. Sie geht doch aufs Humboldt, stimmt's?"

Jamal zuckt die Schultern. „Keine Ahnung."

„Also, was ist?" Fabian sieht sie der Reihe nach an. „Wer ist dabei?"

„Ich jedenfalls nicht", sagt Jamal und wendet sich ab.

„Hey, du bist doch unser Buddy!", ruft ihm Luka hinterher.

„Idiot!", murmelt Jamal.

Freitag, 3. April, 16.13 Uhr

Er sitzt an seinem Schreibtisch und versucht, sich zu konzentrieren. Bis auf seine Boxershorts hat er nichts an, anders ist es in seinem Zimmer nicht auszuhalten.

Er starrt auf das aufgeschlagene Buch, und die Seiten, so scheint es, starren boshaft zurück. Bislang kennt er kaum mehr als seinen Titel.

„Die Entdeckung der Currywurst", murmelt er. Klingt immerhin lustig. Aber wenn er die Deutscharbeit am Montag nicht versemmeln will, sollte er auch den Inhalt kennen – zumindest in groben Zügen.

Im Flur klingelt das Telefon. Lalita stürzt aus ihrem Zimmer. Einige Sekunden ist es still. Dann hämmert sie an seine Tür.

„Ist für di-ich!"

Als Jamal öffnet, liegt das Telefon vor ihm auf dem Boden.

„Ja?"

„Ich habe deinen Brief bekommen."

Jasmins Stimme klingt seltsam tonlos. Jamal lauscht. Eine Weile ist nur ihr Atem zu hören.

„Ich vermisse dich", flüsterte sie. Offenbar weint sie.

Da Jamal nicht weiß, was er sagen soll, schweigt er.

„Können wir uns sehen?"

„Wann?"

Er hört, wie sie sich schnäuzt. „Gleich?"

„Und wo?"

„Im Gänse-Rondell?"

„Okay."

„Um sechs muss ich zu Hause sein." Jasmin zögert. „Spätestens. Wegen dieser Sache. Nur dass du das weißt."

Jamal nimmt die U2 bis zur Miquelallee. Auf dem Alleenring stauen sich die Autos. Einige hupen wütend. Als er das Tor zum Hauptfriedhof passiert, verlangsamt er seinen Schritt. Hier ist es still, und die Wege sind menschenleer. Die weiße Kuppel der Urnengruft erstrahlt im Licht der tief stehenden Sonne. Jasmin lehnt an einer Marmorsäule des Mausoleums, blickt aber in eine andere Richtung. Einen Moment betrachtet er sie. Sie trägt ein dunkles Kleid. Ihre Haare hat sie nach hinten gebunden. Jamals Herz schlägt so heftig, als hätten sie sich ein ganzes Jahr nicht gesehen.

„Hey."

Jasmin wirbelt herum. „Hast du mich erschreckt!"

Sie lächelt zaghaft. Als er sie in den Arm nimmt, fängt sie wieder an zu weinen.

„Ich wollte das nicht", flüstert sie, „das musst du mir glauben."

Vielleicht meint sie den Zeitungsartikel. Oder dass sie sich nicht gemeldet hat. Womöglich nichts von dem oder alles. All das, was sich seit ihrer letzten Begegnung in ihrem Leben aufgetürmt hat.

Eine alte Frau schlurft vorüber, eine große Gießkanne in der Hand, und wirft ihnen missbilligende Blicke zu. Als sie außer Sichtweite ist, zieht Jamal Jasmin zum Eingang der Gruft. Sie steigen eine schmale, gewundene Treppe hinab. Unten ist es weitaus kühler als draußen.

Sie hocken sich auf den glatten Boden und halten sich fest. In den Nischen ringsherum ruhen die Urnen, die Inschriften auf den Schleifen sind verblasst, die Plastikblumen ergraut. Ein Foto zeigt einen fröhlichen Mann inmitten seiner Familie. In die tiefer gelegenen Urnenfächer sind die Namen jener eingemeißelt, deren Asche die Gruft bewahrt. Durch angedeutete Fenster blickt man in einen Nachthimmel aus dunkelblauen Mosaiksteinchen. Goldene Sterne leuchten darin.

„Heute Morgen war der Notarzt da", sagt Jasmin. „Als meine Mutter die Zeitung aufgeschlagen hat, ist sie zusammengebrochen. Zum Glück musste sie nicht ins Krankenhaus. Der Arzt hat ihr eine Beruhigungsspritze gegeben, danach hat sie geschlafen."

„Wie sind die denn an die Fotos gekommen?", fragt Jamal.

„Meine Mutter hat sie ihnen gegeben."

„Wie jetzt?"

„Der Reporter hat ihr versprochen, dass er unseren Namen reinwäscht." Jasmin sieht ihn nicht an. „Wenn die Leute erst sähen, dass ich aus einem guten Elternhaus stamme, dann würde niemand mehr mit dem Finger auf uns zeigen."

„Und das hat deine Mutter geglaubt?"

„Anfangs nicht, aber der Typ hat einfach nicht locker gelassen. Fotos seien wichtig, hat er sie bekniet, damit sich die Leute mit eigenen Augen davon überzeugen könnten, wie gut es ihre Tochter habe. Außerdem werde man mein Gesicht auf den Bildern unkenntlich machen, ich hätte also nichts zu befürchten. Irgendwann hat sie in alles eingewilligt. Und jetzt werde ich bis an mein Lebensende *Miss Amok* sein."

Jamal kann nicht glauben, dass Jasmins Mutter so naiv ist, wo doch jeder diese Zeitung kennt und weiß, wie sie die Tatsachen verdreht.

„Und die Schule?"

„Ich bin die ganze nächste Woche lang krankgeschrieben." Jasmin schlingt die Arme um ihre Beine und macht sich ganz klein. „Der Arzt meint, das sei besser so – erst mal raus aus der Schusslinie und warten, bis Gras über die Sache gewachsen ist. Das sagen sie auch immer in den Krimis, nicht wahr?"

Eine Sekunde blitzt in ihren Augen die alte Jasmin auf. Doch schon ist der Moment vorüber.

„Ehrlich gesagt", flüstert sie kaum hörbar, „weiß ich nicht, ob das wirklich gut ist. Daheim ist die Hölle."

Sie rückt näher an ihn heran. Jamal spürt, wie sie zittert. Er drückt sie an sich. Eng umschlungen verharren sie, bis die Zeit sie einholt.

Er bringt sie noch bis zur Deutschen Nationalbibliothek. Den restlichen Weg will sie allein gehen.

„Es ging nicht", antwortet sie schließlich auf seine unausgesprochene Frage, „ich konnte nicht. Als ich die Kinder gesehen habe, ihre Angst und dann auch die Angst der Eltern, da habe ich mich einfach nur noch geschämt. Am liebsten hätte ich mich in meinem Zimmer eingeschlossen, in mein Bett verkrochen und wäre nie wieder aufgestanden."

Er sieht ihr hinterher. Früher haben ihre Füße kaum den Boden berührt, jetzt gibt sie der Asphalt nicht mehr frei. Bevor sie abbiegt, dreht sie sich noch einmal um. Statt zu winken, legt sie zwei Finger auf ihren Mund.

Mood: confused
Music: Thirty Seconds to Mars

In was für einer kranken Welt leben wir eigentlich!

Da lässt man alte Menschen dahinsiechen, weil die Kranken-
häuser überfüllt und die Mitarbeiter dort völlig überfordert sind,
da guckt irgend so eine Schlampe in der nobelsten Gegend von
München dabei zu, wie ihr Baby verhungert, und niemand
bekommt etwas mit, da zünden verfickte Nazis einen Penner an,
der auf einer Parkbank seinen Rausch ausschläft, und bei all dem
fällt den Schwachköpfen an unserer Anstalt nichts Besseres ein,
als uns mit ihren Was-wäre-wenn-Szenarien zu nerven und all die
furchtbaren Strafen aufzulisten, die *Miss Amok* und ihren Nach-
ahmern drohen!

Ein Virus geht um, das sich in den Hirnen der Ernstgucker
festsetzt und ihre Synapsen zerfrisst! Pauker, Politiker, Polizisten
– inzwischen sind sie alle infiziert. Und die Medien machen sich
wie die Schmeißfliegen über jeden Kackhaufen her, den irgendein
Forscher-Fuzzi oder Psycho-Prof rauspresst.

Auf dem Schulhof haben sie heute Kopien eines Zeitungsar-
tikels rumgezeigt. Eine Homestory über *Miss Amok* ... Babyfotos
am Strand, ein Mädchen mit geflochtenen Zöpfen, das noble
Einfamilienhaus im noblen Holzhausenviertel. Darunter die ver-
heulte Mami in Großaufnahme: *Aber wir waren doch immer für
unser Kind da ...*

Ich kotz gleich!

Vielleicht hättet ihr eurer ach so süßen Tochter einmal zuhö-
ren sollen! Anstatt ihr Ratschläge zu geben und sie mit Almosen
abzuspeisen, hättet ihr sie ja mal fragen können, wie es ihr geht,
was sie denkt und fühlt, wovor sie sich fürchtet, wonach sie sich

sehnt ... Ob sie sich vielleicht zu Tode langweilt in dieser verschissenen Welt! Ihr hättet sie fragen können, was sie sich von einem *vernunftbegabten* Erwachsenen wie euch am meisten wünscht. Ihr hättet sie fragen können, was ihr in ihrem verschissenen Leben am meisten fehlt ...

Aber ihr seid ja viel zu beschäftigt, um uns zuzuhören! Und wenn ihr uns irgendwann doch einmal eine Audienz gewährt, dann redet ihr am liebsten über euch selbst. Wie toll ihr doch seid, was ihr drauf habt und was ihr alles auf euch nehmt, um euren Kindern ein *Nest* zu bauen, sie zu *füttern*, sie zu *hegen und zu pflegen* ... Bullshit! Warum habt ihr uns überhaupt in die Welt gesetzt? Ihr hättet uns doch genauso gut abtreiben können! Oder besser noch gleich verhüten! Dann hätten wir uns alle miteinander dieses Elend erspart!

Ich bin es so leid!

Worauf warte ich noch?

Wenn schon die Ankündigung eines Amoklaufs ein derartiges Aufsehen erregt, wie groß wäre dann wohl der Ruhm jenes Kriegers, dessen Taten keiner öffentlichen Ankündigung bedürfen?

Das Wasser nimmt die Form des Gefäßes an, welches es auffängt. Im Leben ist es wie im Kampf. Gestern, während des Trainings, habe ich gespürt, dass es keine Grenzen mehr für mich gibt. Wer ausschließlich verteidigt, versäumt den geeigneten Augenblick des Angriffs. Miyamoto, Träger des 3. Dan, hat einen winzigen Moment gezögert. Ich habe ihn gedemütigt, indem ich gegen jede Gewohnheit das Ziel meines Angriffs benannte und mein Hieb im selben Atemzug seinen Kopf traf. Shomen-Uchi. Eine einzige fließende Bewegung, die vollkommene Einheit von Körper, Geist und Shinai. Wäre der Stock eine Klinge gewesen, hätte sie Miyamotos Schädel sauber gespalten. Selbst der Meister kam nicht umhin, mich meines reinen Ausdrucks wegen zu loben.

Geduld …

Schweigend nähert sich der Ronin seinem Ziel.

Seine Sprache ist das Schwert.

Das Schwert ist seine Feder.

Sieben Mal setzt sie an.

Sieben Zeichen lässt sie zurück.

Jedes so machtvoll wie der Tod.

„Nein – Jasmin?"

Jetzt weiß auch der Letzte aus seiner Familie Bescheid.

Sie sitzen beim Frühstück. Durch das geöffnete Küchenfenster blickt Jamal auf die Dächer der gegenüberliegenden Häuser. Gerade lugt die Sonne zwischen den Giebeln hervor. Auf einem Vorsprung hocken drei Tauben und regen sich nicht.

„Aber ... wieso?"

Dass seinem Vater die Worte ausgehen, ist selten. Sein ratloser Blick streift das Gesicht seiner Frau und kehrt zu dem seines Sohnes zurück. Jamal bleibt stumm. Wahrscheinlich hat er schon viel zu viel preisgegeben.

„*Miss Amok*", feixt Lalita.

Jamal tut so, als hätte er nichts gehört. Er hat keine Lust zu streiten. Gerade im Moment sehnt er sich nach Ruhe und Harmonie.

Seine Mutter tätschelt seinen Arm. „Wie hat sie denn reagiert?", fragt sie, ohne seinen Brief vor den anderen zu erwähnen.

„Wir haben uns getroffen", antwortet Jamal. „Ihrer Mutter geht es wohl ziemlich schlecht. Der Notarzt musste ihr eine Beruhigungsspritze geben."

„Und Jasmin? Wie kommt sie mit allem zurecht?"

Jamal ist dankbar dafür, dass seine Mutter über Jasmins Schuld hinausdenkt.

„Sie ..." Er zögert. „Sie fürchtet, dass man sie von der Schule werfen könnte."

Sein Vater räuspert sich. „Das geht nicht so einfach", brummt er und kratzt sich am Bart. „Da hätte sie sich schon früher mal etwas zuschulden kommen lassen müssen – hat sie?"

„Nicht, dass ich wüsste."

Sein Vater kneift die Augen zusammen, wie er es immer tut,

wenn er sich einer Sache gewiss ist. „Dann wird deine Freundin mit einem Denkzettel davonkommen", erklärt er. „Gemeinnütziger Dienst im Krankenhaus oder Pflegeheim. Segensreicher als Jugendarrest, findet ihr nicht?"

„Jetzt hör aber auf, Ilias!", mischt sich seine Frau ein. „Vielleicht bleibt es auch bei einer Ermahnung. Hessen ist schließlich nicht Bayern."

„Da mag ich dir nicht widersprechen, mein Engel", antwortet Jamals Vater und grinst. „Lalita, reichst du mir bitte den Käse? Ja genau, den aus dem Allgäu, nicht den stinkigen Hessen."

Sonntag, 5. April, 14.20 Uhr

Sie liegen unter einer Kastanie im Gras. Das dichte Blätterdach schützt sie vor der Sonne. Jasmin hat die Beine angezogen und ihre Augen geschlossen. Ihr Atem geht ruhig und gleichförmig. Sie könnte schlafen. Oder sie besinnt sich in der Stille eines ungewohnt friedlichen Tags.

Jamal betrachtet sie von der Seite. Durch die orange getönten Gläser seiner Sonnenbrille wirkt der luftige Park mit seinen alten, knorrigen Bäumen und dem steinernen Springbrunnen wie die Kulisse eines Films.

Ein Frisbee landet nur wenige Meter entfernt im Gras. Jasmin schreckt hoch. Ein kleiner Junge kommt angerannt, lächelt verlegen, pickt die rote Scheibe vom Boden und flitzt wieder davon.

„Sieh mal, da hinten."

Jasmin deutet zum anderen Ende der Wiese. Zwischen zwei Bäumen verharrt ein Mann in einer asiatisch anmutenden Tracht. Auf einem Bein stehend, malt er mit beiden Händen Zeichen in die Luft.

„Ist das Tai-Chi?", fragt Jasmin.

„Keine Ahnung."

Jamal kneift die Augen zusammen. Der Typ kommt ihm irgendwie bekannt vor. Aber aus der Entfernung ist es unmöglich, sein Gesicht zu erkennen.

„Vielleicht sollte ich das auch mal ausprobieren."

Jasmin lässt sich zurücksinken und schließt die Augen. Jamal beugt sich über sie. Als er sie küsst, schlingt sie ihre Arme um ihn und zieht ihn zu sich herab.

So bleiben sie lange Zeit liegen. Jamal atmet den Duft ihrer Haut und ihrer Haare. Er spürt ihren Atem an seinem Hals.

Irgendwann stöhnt Jasmin leise auf. „Ich glaube, mein Arm ist eingeschlafen."

Jamal rollt zur Seite und setzt sich auf. Die Sonne steht inzwischen so schräg, dass sie ihn blendet. Er späht zum anderen Ende der Wiese. Der Tai-Chi-Man ist verschwunden.

„Hast du Lust auf einen Cappuccino?"

Jasmin reibt sich die Schulter. „Am liebsten hätte ich ein Eis. Zwei Kugeln Schoko. Wenn's geht mit Sahne."

Jamal läuft über die Wiese. Überall liegen Menschen im Gras. Manche haben Decken ausgebreitet und picknicken, andere lesen ein Buch, wieder andere aalen sich in der Sonne. Jogger traben durch den Park und weichen Mütter und Vätern aus, die ihre Babys spazieren schieben. Auf einer Bank hocken zwei alte Männer, die gestenreich in einer fremden Sprache debattieren. Unweit der Boule-Bahn weht ihn ein Hauch von Marihuana an.

Hinter der Orangerie reiht sich Jamal in die Schlange derer ein, die sich am Büdchen mit Kaffee oder Bier, Sandwiches und Eis versorgen. Vom Basketballfeld fliegt ein Ball über den Zaun und verfehlt den nächstliegenden Tisch nur knapp. Ein Typ springt auf. Es ist Beck. Jamal duckt sich und tut so, als ob er sich den Schuh bindet. Die Zeit mit Jasmin ist ihm zu kostbar, um sie mit irgendwem zu teilen. Schon gar nicht mit Beck.

Als er zurückkommt, ist Jasmin jedoch nicht mehr allein.

Neben ihr hockt ein Mädchen mit schwarzen, lockigen Haaren und einem breiten, offenen Gesicht.

„Das ist Nicki", sagt Jasmin und nimmt ihm das Eis ab. „Wir kennen uns vom Hockey." Sie schleckt einmal rund herum. „Und das", erklärt sie und strahlt ihn an, „ist mein Freund – Jamal."

„Freut mich."

Jamal setzt sich zu den beiden und hört, da sie ihre Unterhaltung fortsetzen, schweigend zu. Jasmin erzählt gerade, wie sie und Thea auf die Idee mit der E-Mail gekommen sind und warum sie sie nicht wie ursprünglich geplant an die Schule, sondern ans Ministerium geschickt haben. Nicki will alles genau wissen, vor allem, als ihr Jasmin vom Verhör auf der Wache erzählt, sodass Minute und Minute ins Land geht. Als sie endlich aufsteht, ist die Sonne hinter den Bäumen verschwunden.

„Schön, dich kennengelernt zu haben", sagt sie zum Abschied und gibt ihm die Hand. Womit sie wohl meint, dass er gut daran getan hat, unsichtbar zu sein.

Kurze Zeit später packen er und Jasmin zusammen. An der Fachhochschule steigen sie in den Bus. Jasmin nimmt seine Hand.

„Denkst du an mich?"

„Ständig."

Ein mutloses Lächeln huscht über ihr Gesicht. Sie sieht aus dem Fenster.

„Ich weiß nicht, ob ich ..."

In zwei Tagen wird über ihre Zukunft entschieden. Dienstag um zehn Uhr ist die Verhandlung vor dem Jugendgericht.

„Ich bin da", sagt Jamal.

„Und die Schule?"

„Nicht wichtig."

Jasmin hebt den Kopf. Tränen verschleiern ihren Blick. „Ich weiß nicht." Sie schließt einen Moment die Augen. „Meine Mutter. Sie kapiert's einfach nicht. Wenn du wüsstest, wie oft ich ihr gesagt habe, dass *ich*, *ich allein* den Mist gebaut habe und du damit gar nichts zu tun hast. Aber für sie ist es anscheinend einfacher zu glauben, irgendwer hätte mich angestiftet."

An der Nationalbibliothek steigen sie aus.

„Ich brauche dich."

„Ich bin da."

Mit einem Mal läuft sie los.

„Wir telefonieren!", ruft er ihr noch hinterher, doch seine Worte gehen im Lärm eines vorbeidonnernden Lkw unter.

Mood: furious
Music: Rage Against the Machine

Gestern hat die Braut des Alten zum ersten Mal bei uns übernachtet. Am Abend davor hat er mich gefragt, ob das für mich okay sei, der Heuchler. Ist mir doch egal, wo sie es treiben, das alles hier ist schon lang nicht mehr mein Zuhause.

Natürlich wollte er bei ihr Eindruck schinden, Dreigängemenü inklusive, wobei das Hauptgericht ausgerechnet seine Schafskäse-Lasagne sein musste, wonach das Haus immer tagelang nach Schweißfüßen stinkt. Am liebsten wäre ich abgehauen, hatte aber keine Lust auf Diskussionen, weshalb ich den braven Sohn spielen musste. Es gab Wein, sogar für mich, doch bevor wir miteinander anstießen, musste er noch eine Rede halten, über den Wert der Familie, die sich mitunter wandle, weil Menschen sterben und neue Partnerschaften entstehen, blablabla.

Beim Essen saßen sie sich gegenüber, damit sie sich verliebt in die Augen sehen konnten, und ich an der Stirnseite des Tisches, die Spitze ihres gleichschenkligen Dreiecks, eine Symbolik, die der Alte noch nicht einmal begreifen würde, wenn man ihn mit der Nase drauf stieße. Seine Braut trug ausnahmsweise mal Jeans und T-Shirt, wodurch sie tatsächlich noch jünger wirkte als sonst schon und den Alten noch älter aussehen ließ. Keine Ahnung, ob's am Wein lag oder an ihrer Unsicherheit, jedenfalls kicherte sie die ganze Zeit, und wenn der Alte nicht gewesen wäre, hätte es vielleicht sogar ein lustiger Abend werden können. Aber der musste sie natürlich die ganze Zeit über mit den faden Geschichten von früher füttern, wie ich die Herzpillen von Opa gelutscht habe und sie mir im Krankenhaus vorsichtshalber den Magen ausgepumpt haben, oder wie ich an meiner Hängelampe Tarzan spielen wollte und jämmerlich abgestürzt bin. Mein Gott, wie mich diese Geschichten anöden! Wen interessiert das denn schon? Und warum muss sie der Alte wieder und wieder auf eine Weise ausschmücken, als wolle er sie mit aller Gewalt ins kollektive Gedächtnis pressen?

Zwischendurch ist etwas passiert, das ich noch immer nicht begreife, obwohl ich die halbe Nacht darüber nachgedacht habe. Der Alte war gerade im Keller, um Wein zu holen, jedenfalls stehe ich mit seiner Braut allein in der Küche, sie räumt die Spülmaschine ein, während ich die Reste von den Tellern kratze. Auf einmal rutscht ihr ein Glas aus der Hand und zerspringt in tausend Scherben! Erst blickt sie mich erschrocken an, dann fängt sie wieder an zu kichern. Als ich lachen muss, legt sie den Finger auf die Lippen und bittet mich, bloß nichts dem Alten zu verraten. Ich soll ihr ganz schnell ein Kehrblech geben, damit sie die Scherben auffegen kann, bevor er wiederkommt. Als sie sich hinhockt, rutscht ihre Jeans so tief, dass man ihren Slip sehen kann, so 'n Spitzenstring wie bei Victoria's Secret. Ich kann nicht anders, ich muss die ganze Zeit hinsehen, starre sie an, während sie über den Boden krabbelt und immerzu kichert. Plötzlich dreht sie sich um und sieht mir direkt in die Augen. Ich werde ganz starr, weil ich mich ertappt fühle, und mache mich auf alles gefasst, aber sie – blickt mich einfach nur an. Zwei, drei Sekunden vergehen, und in diesem Augenblick, das spüre ich, könnte alles passieren. Ich glaube, sie hat in dem Moment dasselbe gefühlt wie ich, denn plötzlich springt sie auf und rennt aus der Küche, einfach so, ohne ein Wort. Ich höre noch, wie sie sich im Bad einschließt, und sehe sie erst am Tisch wieder, wo sie mit dem Alten Händchen hält.

Später, als ich im Bett lag und über alles nachdachte, habe ich mich die ganze Zeit gefragt, was sie mir mit diesem eigenartigen Blick eigentlich sagen wollte. Mag sie mich doch? Vielleicht sogar mehr, als ich denke? Und warum ist sie so plötzlich weggelaufen? Was hat sie in mir gesehen?

Mitten in der Nacht wache ich auf und höre Musik aus dem Schlafzimmer des Alten. Tatsächlich hatte er eine seiner widerlichen Kuschelsong-CDs aufgelegt und so laut aufgedreht, dass ich ihn und seine Braut nicht höre. Wenn ich mir den Alten beim Ficken vorstelle, wird mir schlecht. Und dass er es mit ihr tut, macht es noch schlimmer. Ich kann mir einfach nicht vorstellen, was sie an ihm findet. Sie muss doch sehen, dass er ein Weichei ist. Und der totale Egozentriker dazu. Hätte er Mama sonst beim Sterben allein gelassen? Wo war er denn, als sie sich im Krankenhaus wundgelegen hat? In seiner scheiß Bank! Um sein scheiß Geld zu scheffeln! *Aber wir müssen doch weiterleben, Junge, ich muss doch für dich sorgen.* Und wer, verdammt, hat für Mama gesorgt?

Ich hasse ihn, ihn und seine verlogene heile Welt! Wie in der Werbung – überall glückliche Familien, glucksende Babys und kraftstrotzende Greise. Warum zeigen sie nicht, wie die Welt wirklich aussieht? Dass sie von innen heraus verfault! Man muss doch nur durch die Stadt laufen, überall dieser Verwesungsgestank, von wegen heißester März seit Menschengedenken, es ist die vermodernde Welt, die derart erbärmlich stinkt!

Und dann ...

Gegen Morgen geht plötzlich die Tür zu meinem Zimmer auf. Im Flur brennt Licht. Davor ihre Silhouette. Sie trägt ein durchscheinendes Nachthemd, unter dem sich ihr Spitzenstring abzeichnet. Ich warte, dass sie zu mir kommt, aber sie steht nur da und betrachtet mich stumm. Eine Ewigkeit blicken wir uns an, dann dreht sie sich plötzlich um und geht. Die Tür lässt sie offen, wenig später knipst sie das Licht im Flur aus.

Es klingt verrückt, aber beim Aufwachen wusste ich nicht, ob ich das Ganze bloß geträumt habe oder ob es wirklich passiert ist. Ein Blick in ihre Augen hätte mir Klarheit verschafft. Aber sie war bereits fort. Ebenso wie der Alte. Auf meinem Frühstücksteller lag ein Umschlag. Darin keine Nachricht, sondern Geld. Fünfzig Euro bedeuten: *Danke, dass du mitgespielt hast gestern Abend.* Das ist typisch für den Alten, er bezahlt mich wie eine Nutte. Schon bald wird er einsehen, dass man sich mit Geld nicht alles kaufen kann – schon gar nicht sein Leben.

Montag, 6. April, 8.45 Uhr

Ein fernes Läuten schleicht sich in seinen Traum. Widerwillig kehrt Jamal gedanklich in sein Klassenzimmer zurück. Gerade wischt Bittner seltsam verrenkt die untere Hälfte des Smartboards. Jamal sieht auf die Uhr. 8.46 Uhr.

Als sich Bittner in die kurze Pause verabschiedet, rückt Beck näher.

„Hab euch gestern im Günthi gesehen, wollte aber nicht stören." Beck lässt sein Ziegengackern hören. „Nicht übel deine *Miss Amok*."

Jamal spürt einen Stich. Woher weiß Beck, dass …? Fabian – natürlich! Wer sonst sollte gequatscht haben! Oder doch Luka? Wenn Beck es weiß, weiß es bald die ganze Schule! Jetzt ist ihm auch klar, warum ihn Floyd und Gypsie vorhin so dämlich angegrinst haben.

„Zisch ab!"

Beck verzieht sein Gesicht, macht sich dann aber wirklich aus dem Staub. Jamal starrt ihm hinterher. Karens Blick streift ihn. Sie hebt die Schultern, als wollte sie sagen: *Reg dich nicht auf, du weißt doch, das ist ein Freak.*

Allzu schnell ist die Pause vorbei. Schon ist Bittner im Anmarsch. Fabian schlüpft als Letzter herein und sprintet zu seinem Platz.

Jamal funkelt ihn an.

„Was?"

Fabian tut so, als wisse er seinen Blick nicht zu deuten, während Bittner fortfährt, als hätte er seinen Singsang nie unterbrochen.

„Die Sinuskurve lässt sich also verformen und verlagern. Die allgemeine Funktionsgleichung lautet f Klammer auf x Klammer zu mal …"

Jamal kocht vor Wut, spürt darunter jedoch eine quälende Ohnmacht in sich aufsteigen. Langsam dämmert ihm, dass auch er es inzwischen zu einer traurigen Berühmtheit gebracht hat. Er ist der Freund von *Miss Amok*, vielleicht sogar ihr Komplize. Und mit der Erkenntnis, dass er nun mittendrin steckt im Sumpf der Verdächtigungen, bekommt er zum ersten Mal eine Ahnung davon, wie sich Jasmin fühlen muss.

Montag, 6. April, 10.40 Uhr

„Änderung der Tagesordnung! Die *Currywurst* fällt aus ... ja, ja". Kellerhoff hebt beide Hände, um den spontanen Jubel seiner Schüler zu unterbinden. „Freut euch nicht zu früh, den Test holen wir nächsten Mittwoch nach."

Kellerhoffs Stimme klingt ungewohnt gereizt. Wie ein Tiger schleicht er von der Tür zum Fenster und wieder zurück, wobei er seine Blicke auf jene Schüler heftet, denen er gerade am nächsten ist.

„Jetzt also Wiesbaden", setzt er an. „Büdingen, Gießen, Offenbach, Wiesbaden – das Frankfurter Beispiel macht augenscheinlich Schule. Seit der ersten Amokdrohung vor einer Woche sind allein in Hessen sieben ähnliche Vorfälle bekannt geworden." Mit dem Rücken zum Pult fixiert er die Klasse. „Und Hessen, könnt ihr euch denken, steht beileibe nicht allein da. Auch in anderen Bundesländern mussten Schulen geschlossen werden. Da zudem nicht jede Drohung an die Öffentlichkeit dringt, ist zu vermuten, dass die Zahl der Drohmails und -anrufe sogar noch höher ist als bekannt." Kellerhoff strafft sich. „Worin, frage ich euch, liegt der Reiz, Menschen auf so perfide Weise in Panik zu versetzen?" Seine Augen blitzen, seine Mundwinkel zucken, sein zorniger Blick, so scheint es, trifft alle zugleich. „Denn die Verlockung muss ja groß sein, wenn ein junger Mensch ihretwegen jede Moral fahren lässt und sogar eine Gefängnisstrafe riskiert."

Kellerhoff sieht in die Runde, aber keiner in der Klasse wagt, ihm zu antworten. Auch Jamal schweigt betreten. Kellerhoff ist einer der beliebtesten Lehrer der Schule. Noch nie hat er ihn so wütend erlebt.

„Ich warte!"

Bevor die Stille unerträglich wird, hebt Quentin seinen Arm. „Ich finde, die Medien sind schuld", erklärt er. „Wenn die nicht so oft darüber berichten würden, kämen auch nicht so viele auf die Idee, das irgendwie nachzuahmen."

„Aber das ist doch ihre Aufgabe, darüber zu berichten!", ruft Kafka dazwischen. „Das steht sogar im Grundgesetz!" Kafkas Vater ist Ressortleiter bei der *Frankfurter Rundschau*.

Kellerhoff hebt die Hand, um Einwände anderer Schüler zurückzustellen. „Im Wesentlichen hast du recht", erwidert er und bleibt vor Kafkas Pult stehen. „Das Grundgesetz garantiert allerdings nur die Presse*freiheit*, die öffentliche *Verpflichtung* zur Berichterstattung regeln die Landespressegesetze." Er klopft auf den Tisch. „Wie dem auch sei: Die Medien *dürfen* also nicht nur berichten, sondern sie *müssen* es sogar. Interessanter erscheint mir in diesem Zusammenhang die Frage, *wie* sie das tun sollten. Was meint ihr?"

Birgit meldet sich. „Auf jeden Fall nicht so reißerisch", antwortet sie.

„Wahrheitsgemäß", wirft Kafka ein.

„Ohne die Intimsphäre anderer zu verletzten", ergänzt Jamal, womit er sich, wie ihm scheint, die Blicke der halben Klasse einhandelt.

„Nehmen wir also an", fasst Kellerhoff zusammen, „die Medien haben sachlich und verlässlich unter Wahrung der jeweiligen Persönlichkeitsrechte berichtet. Die Frage aber bleibt: Was treibt Schüler dazu, eine Tat wie diese zu imitieren?"

„Der Effekt."

Arthur hat leise gesprochen, aber jeder hat ihn verstanden. Kellerhoff steuert auf ihn zu. „Der Effekt", wiederholt er. „Kannst du das bitte erklären?"

Auf Arthurs Hals breiten sich wie gewohnt hektische Flecken aus. Er räuspert sich mehrmals. „Ich meine, wenn … wenn deshalb …" Kellerhoff nickt ihm aufmunternd zu. „Ich meine, wenn deshalb sogar Schulen geschlossen werden, dann sorgt das doch für ganz schön Aufsehen."

„Um Aufsehen geht es also", wiederholt ihr Deutschlehrer. „Und wenn ich dich richtig verstanden habe, dann sind auch die Schulen nicht ganz schuldlos, richtig?"

„So hab ich das nicht gemeint …", lenkt Arthur ein, aber Kellerhoff schneidet ihm das Wort ab.

„Du musst nichts zurücknehmen, denn in gewisser Hinsicht ist das ja nicht von der Hand zu weisen. Bliebe die große Reaktion auf die Drohung aus und böten die Schulen normalen Unterricht wie an jedem anderen Tag, dann gäbe es aller Voraussicht nach auch keine Nachahmer. Ihr habt wahrscheinlich die leidige Diskussion darüber verfolgt, ob die Schließung einzelner Gymnasien gerechtfertigt war oder ob dadurch nur völlig unnötig Panik geschürt wurde."

„Aber wenn einer von denen seine Drohung ernst meint", wirft Maja ein.

„Das ist der Punkt." Kellerhoff nickt. „Was dann?" Er zuckt mit den Schultern. „Ich kann darauf nicht antworten, ich weiß es nicht." Einen ewigen Augenblick lang wirkt er alt und bedrückt. „Letzten Endes", fährt er fort, „ist genau das die Tragik, wie mir scheint, ein Dilemma im klassischen Sinn: Um niemanden auf dumme Gedanken zu bringen, müssten wir solche Drohungen eigentlich totschweigen; nur, wenn wir das tun und ein Schüler setzt seine Ankündigung in die Tat um, gibt es womöglich Opfer, die man hätte vermeiden können. Wer, so frage ich euch, trägt in diesem Fall die Verantwortung? Außer dem Täter natürlich und möglichen Mitwissern? Was ist mit denen, die tatenlos zusehen? Mit der Presse, der Politik, der Polizei, nicht zuletzt auch mit der Schule, wenn alle auf öffentliche Warnungen verzichten? Sind sie mitschuldig? Ich weiß es nicht."

Jamal sinnt noch über Kellerhoffs Worte nach, als er einen Blick von Marlon auffängt, der ihn offensichtlich schon eine ganze Weile betrachtet. Hohn und Genugtuung liest er in seinem Blick. So als sei Kellerhoffs Analyse die Antwort auf Jamals Schuld. Nur Schuld wofür?

Jamal starrt ihn an, doch Marlon wendet sich grinsend ab. Wären Jamals Augen Laser, ließe er sie Löcher in Marlons Rücken brennen. Rasten denn mittlerweile alle aus? Trägt er jetzt die Schuld daran, wenn in Wiesbaden irgendwelche Hirnis Krieg spielen?

In seine Wut auf Typen wie Fabian und Marlon stiehlt sich mit einem Mal auch ein leiser Groll auf Jasmin. Was hat sie mit ihrer bescheuerten Aktion denn erreicht? Ihren freien Tag jedenfalls muss sie – und inzwischen auch er – ziemlich teuer bezahlen!

Als es zur Pause läutet, zwingt Kellerhoff seine Schüler zurück auf ihre Plätze.

„Meine Herrschaften, bitte!" Er wartet, bis wieder Ruhe einkehrt. „Am Mittwoch schreiben wir wie angekündigt unseren Test." Ein Raunen geht durch die Klasse, worauf ihr Lehrer die Stimme erhebt. „Da an diesem Tag die Hausaufgaben entfallen, stelle ich euch schon jetzt eine Aufgabe für Freitag: Macht euch mal Gedanken über die Motive eines Amoktäters. Was ist das für ein Typ? Wie tickt der? Was treibt ihn an? Also dann … Bis dahin."

Jamal kennt den Gerichtshof. Als Zeuge musste er einmal in einem Strafprozess aussagen, bei dem es um einen Verkehrsunfall mit Todesfolge ging. Ein BMW hatte in einer Kurve eine Radfahrerin geschnitten, die gestürzt und mit dem Kopf aufs Pflaster geknallt war. Der Fahrer hatte noch nicht einmal angehalten, sondern war weitergerast, doch da sich Jamal das Kennzeichen des Wagens gemerkt hatte, konnte der Unfallverursacher ermittelt werden. Dass er am Ende mit einer Bewährungsstrafe davonkam, empfand Jamal wie ein Hohn.

Die Jugendgerichtsabteilungen, erfährt Jamal, befinden sich im Gerichtsgebäude E in der Hammelsgasse unweit der Konstablerwache. Nach der Sicherheitskontrolle schickt ihn ein Beamter in den zweiten Stock. Offenbar hält er Jamal für einen Reporter.

„Saal 27. Jedwede Aufnahmen – egal ob Foto-, Film- oder Audioaufzeichnungen – sind untersagt."

Jamal rennt die Treppe hoch. Kurz vor dem letzten Absatz späht er in den Gang. Vor einem der Säle wartet ein Pulk von Journalisten. Er hält Ausschau nach Jasmin und entdeckt sie im hintersten Winkel des Flurs. Sie ist zusammen mit ihren Eltern da. Gerade steuert ein Reporter mit Mikrofon auf sie zu. Jasmins Vater springt auf und stellt sich ihm in den Weg. Während er mit dem Reporter diskutiert, zieht Jasmin ihre Mütze noch tiefer ins Gesicht.

Jamal wundert sich. Strafverfahren gegen Jugendliche, so hat er in einem Juristenforum gelesen, finden normalerweise grundsätzlich unter Ausschluss der Öffentlichkeit statt. Als Zuschauer zugelassen seien nur Verwandte der Angeklagten. Dass der heutigen Verhandlung auch die Presse beiwohnen darf, muss einen Grund haben.

Als sich die Türen zum Sitzungssaal öffnen, leert sich der Flur. Kaum sind die letzten Medienvertreter im Innern verschwunden, schälen sich zwei Gestalten aus dem Dunkel des hinteren Flurs. In der einen erkennt Jamal Jasmins Freundin Thea, die verschleierte Frau daneben muss Theas Mutter sein. Direkt hinter ihnen tauchen Jasmin und ihre Eltern auf. Jamal wartet, bis sich die Tür hinter ihnen schließt, bevor er die Treppe hochkommt und sich auf eine der Wartebänke setzt.

Für einige Momente schließt er die Augen und lauscht. Mit einem Mal überkommt ihn eine Ahnung, dass dieser Prozess – offenbar der einzige an diesem Vormittag – kein gutes Ende nehmen wird. Bei einem Verfahren gegen Minderjährige genießt deren Schutz normalerweise oberste Priorität. Jamal denkt an Kellerhoff. An Jasmin und Thea, so schwant ihm, wird der Richter ein Exempel statuieren. Und um weitere Trittbrettfahrer abzuschrecken, sollen die Zeitungen darüber berichten.

Je länger Jamal wartet, desto mulmiger wird ihm. Er lauscht an der Flügeltür zu Saal 27, kann aber nichts verstehen. Plötzlich öffnet sich Tür, und ein Mann schlüpft heraus. Er ist jung, trägt ein Holzfällerhemd und eine braune Cordhose. In der Hand hält er eine Zigarette.

„Hast du Feuer?"

„Wie lange dauert's denn noch?", fragt Jamal.

„Keine Ahnung." Der Holzfäller verzieht sein Gesicht. „Aber der Richter dreht die beiden ganz schön durch die Mangel." Ungeduldig wippt er mit dem Fuß. „Hast du nun Feuer oder nicht?"

„Ja, warte, ich komm mit."

Draußen kramt er ein Feuerzeug aus seinem Rucksack. „Dann sieht's nicht so gut aus?" Er blickt auf den blauen Rauch, der von der Zigarette des Holzfällers aufsteigt.

„Wie gesagt, der Richter ist ein harter Hund", erwidert sein Gegenüber. „Gibt sich mit kaum einer Antwort zufrieden, sondern will alles haargenau wissen. Ob die beiden ihren Plan allein ausgeheckt haben, wer die Idee dazu hatte, wer die E-Mail verfasst und wer sie abgeschickt hat, was die beiden dazu bewogen hat, eine ganze Stadt ins Chaos zu stürzen – O-Ton Richter –, denn dass sie, wie behauptet, nur einen zusätzlichen freien Tag hätten haben wollen, kaufe er ihnen nicht ab, zumal sie ja gerade erst zwei Wochen Osterferien gehabt hätten. Und dann – ich weiß nicht, ob er das wirklich ernst gemeint hat oder den beiden Angst einjagen wollte – fragt er sie, ob sie gut in Chemie seien. Schon, antworten beide. Dann wüssten sie ja, wie man eine Bombe baut, im Ernst, ausgerechnet die beiden, die die ganze Zeit heulen." Plötzlich hält der Holzfäller inne und fixiert Jamal, als käme ihm soeben ein Gedanke.

„Sag mal, ist eine von beiden dein Mädchen? *Miss Amok,* hab ich recht?"

„Leck mich!", zischt Jamal und lässt ihn stehen.

Noch bevor er die Treppe erreicht, vernimmt er Stimmengewirr und weiß, dass die Verhandlung vorbei ist. Schon kommen ihm die ersten Pressevertreter entgegen.

„Mannomann!", stöhnt einer.

„Was war denn mit dem los?", fragt ein anderer.

„Ist sonst ein ganz verträglicher Bursche", erklärt ein Dritter.

Jamal drängelt sich an ihnen vorbei nach oben. Als er im zweiten Stock anlangt, sieht er Thea und ihre Mutter Arm in Arm vor der geöffneten Flügeltür stehen, während Jasmin auf einer Bank kauert, den Kopf in den Armen vergraben. Vor ihr hockt ihr Vater und redet leise auf sie ein. Ihre Mutter steht da und schlägt die Hände vors Gesicht.

Jamal lässt seine Vorsätze sausen und tritt auf Jasmin zu. Stumm wartet er, bis ihr Vater aufblickt. Einen Moment lang sehen sich beide in die Augen. Dann stemmt sich der Ältere hoch und überlässt dem Jüngeren seinen Platz.

„Jasmin?"

Jamal berührt ihre Hand.

„Weißt du, was er gesagt hat?"

Jasmin sieht nicht auf. Er beugt sich vor, um sie besser zu verstehen.

„Sie wollen Ferien? Ich verschaffe Ihnen Ferien."

Jasmin bricht ab. Sie zieht ein Taschentuch aus ihren Jeans, schnäuzt sich und wischt sich mit dem Ärmel ihrer Bluse die Tränen aus dem Gesicht.

„Jugendarrestanstalt", flüstert sie. „Ein ganzes Wochenende lang."

Jamal antwortet nicht. Er ist wie betäubt. Die ganze Zeit über hat er gewusst, wie das Urteil ausfällt, doch jetzt, da sie es ausspricht, trifft es ihn wie ein Schlag.

Er greift nach ihrer Hand, doch Jasmin zieht sie weg.

„Langeweile." Sie schüttelt den Kopf. „Das hat ihn am meisten aufgeregt." Ihre Stimme nimmt einen scharfen Klang an. *„Verstehe ich Sie richtig? Sie versetzen Menschen in Angst und Schrecken, weil Ihnen langweilig ist?"* Jasmin blickt ihm das erste Mal in die Augen. „Tausendmal haben wir ihm gesagt, wie leid es uns tut, aber das hat ihn gar nicht interessiert." Sie steht auf. Ihre Eltern warten schon. „Rufst du mich an?"

Jamal sieht ihnen nach. Auf dem Treppenabsatz dreht sich Jasmin noch einmal um. Im selben Augenblick flammt ein Blitz auf. Jasmins Mutter reißt die Arme hoch. Hinter ihr taucht ein Fotograf auf und drückt ein weiteres Mal auf den Auslöser. Als Jasmins Vater auf ihn los stürzt, sucht er das Weite. Jamal fängt einen verzweifelten Blick Jasmins auf. Kurz darauf sind sie und ihre Eltern verschwunden.

Jamal bleibt allein zurück. Er ist unfähig, sich zu bewegen. Eine Weile noch dringen Stimmen zu ihm herauf. Irgendwann schlägt eine Tür. Dann ist es still.

Jugendarrestanstalt.

Was muss er sich darunter vorstellen? Ist das ein Knast oder ein Bootcamp?

Jamal erschrickt, als hinter ihm eine Tür ins Schloss fällt. Ein hoch gewachsener Mann im dunklen Anzug kommt auf ihn zu.

„Kann ich Ihnen helfen?" Der Mann sieht ihn freundlich an.

Jamal schüttelt den Kopf. „Ich geh schon."

„Ich wollte Sie nicht vertreiben." Der Mann stellt seine Aktentasche ab, zieht ein Taschentuch aus seiner Hose und putzt sich leise die Nase, wobei er sich höflich zur Seite dreht. Seine Krawatte ist veilchenblau, unter den Ärmeln seines Jacketts lugen goldene Manschetten hervor.

Sie wollen Ferien? Na gut, ich verschaffe Ihnen Ferien!

Jamal öffnet den Mund. Das muss er sein. Am liebsten würde er ihn fragen, ob ihn das aufgeilt, Mädchen wegen einer Mail in den Knast zu schicken, während Totraser das Gericht als freie Bürger verlassen. Aber seine Kehle ist wie zugeschnürt. Kein Wort dringt heraus.

„Einen schönen Tag noch."

Er sieht dem Mann nach und stellt sich, da er die Treppe erreicht, vor, wie er ihn mit voller Wucht herunter stößt.

Mood: hateful
Music: Papa Roach

Ich bin so voller Hass und weiß einfach nicht, wohin damit. Manchmal träume ich, wie sich meine Wut entlädt, wie ich einfach draufhaue, bis sich um mich herum nichts mehr regt. Manchmal will ich nur schreien, schreien, bis mich endlich jemand hört und diesen Wahnsinn beendet!

Ich hasse diese Welt, in der dir verboten wird, wie ein Mensch zu leben. Sie behandeln dich, als wärst du ein seelenloser Roboter, der entweder funktioniert oder auf dem Schrottplatz landet. Wenn du in der Schule funktionierst, bekommst du die Erlaubnis zu arbeiten, wenn du im Job funktionierst, wirst du mit einem Hungerlohn abgespeist, wenn du nicht mehr funktionierst, bekommst du einen Tritt und eine Nummer beim Arbeitsamt.

Und wer hält das Ganze am Laufen? Schmarotzer wie der Alte! Speichellecker, die den Bonzen in den Arsch kriechen und sich zum Dank ihre Taschen vollstopfen dürfen.

Wie mich das alles ankotzt!

Leistung, Gehorsam, Konformismus! Alles andere hat keine Bedeutung. Entweder du findest dich damit ab, oder du findest dich vor den Toren der Glitzerwelt wieder. Die Schwachen werden entsorgt. Kranke, Alte, Junkies, Krüppel – und natürlich die, die ausscheren aus dem Gleichschritt der Massen, die ihre Würde bewahren und sich keine Nummer anheften wollen, die auf einen Namen hören, die ein Herz haben, das manchmal aussetzt, weil es das Elend der Welt einfach nicht mehr erträgt.

Donnerstag, 9. April, 16.20 Uhr

Jamal hockt an seinem Schreibtisch und starrt auf ein leeres Blatt Papier. Vorhin hatte er einen Gedanken, jetzt ist er weg.

Jugendarrestanstalt Gelnhausen.

Noch zwei Tage.

Eben hat ihm seine Mutter eine Tasse Tee gebracht. Sie sorgt sich um ihn, als ob *er* am Samstag ins Gefängnis müsste.

„Jasmin ist stark." Das sagt sie immer wieder. „Jasmin hält das durch."

Er steht auf, tritt ans Fenster und sieht in den Himmel. In den zerfaserten Wolken, in der Skyline der Stadt, in den Bäumen gegenüber sucht er nach ihr. Diesmal wird er ihr nicht beistehen können. Man hat es ihr sogar schriftlich gegeben. Während ihres Aufenthaltes in der Jugendarrestanstalt Gelnhausen sind weder Besuche noch Anrufe erlaubt.

Er schließt die Augen. Lenkt seine Gedanken zu seiner Aufgabe. Zurück zu dem weißen Blatt Papier.

Wie tickt ein Amokläufer?

Jamal schaltet den Computer an. In die Suchmaske tippt er zwei Worte ein. *Schulamok* und *Täterprofil.*

142.000 Ergebnisse in 0,39 Sekunden.

Den Tätern geht es um posthume Popularität.

Ein Interview mit einem Kriminologen. Jamal notiert die Kernaussagen.

Fehlende Anerkennung. Versagen in der Schule. Einzelgänger. Kränkende Umwelt. Wut. Gewaltfantasien.

Sein Blick schweift hinaus. Weit über ihnen ritzt ein unsichtbares Flugzeug gerade eine feine weiße Spur in den Himmel. Er hat ihr vorgeschlagen, im Sommer gemeinsam Urlaub zu machen, am Meer, gleich wo. Sie hat nur stumm den Kopf geschüttelt und kurze Zeit später geweint.

Jasmin ist stark. Jasmin hält das durch.

Er steht auf, boxt ein paar Mal gegen den Sandsack und hockt sich wieder an den Schreibtisch.

Posthume Popularität.

Das macht doch keinen Sinn. Was nützt es einem, berühmt zu sein, wenn man seinen Ruhm gar nicht mehr auskosten kann?

Er klickt sich durch die Seiten, macht sich Notizen, protokolliert die Aussagen, die ihm halbwegs brauchbar erscheinen, liest sich noch einmal alles durch, streicht, was ihm beim abermaligen Lesen unsinnig erscheint, und überträgt die Zusammenfassung in sein Heft.

Da er erneut ans Fenster tritt, ist die Sonne untergegangen. Zartrote Schlieren verlieren sich in einem blassen Blau. Er hört seine Mutter rufen. Offenbar gibt es Abendbrot. Er schaltet den PC aus und verstaut seine Unterlagen im Rucksack. Aus Lalitas Zimmer dringt laute Musik. Selena Gomez oder Ariana Grande, für ihn klingt das alles gleich. Er pocht an ihre Tür. Augenblicklich verstummt die Musik und mit ihr Lalitas Gesang. Kurz darauf sitzen sie stumm am Tisch und kauen ihr Brot. Dazu gibt es *Glückstee.*

Mood: angry
Music: Nas

Opa stirbt jeden Tag ein bisschen mehr. Gestern haben sie ihn wieder auf die Intensivstation verlegt. Ich war dort, durfte aber nicht zu ihm. Aus irgendeinem Grund hatten sie sein Bett in den Flur geschoben. Keine Ahnung, wie lang er da schon lag und in die grelle Flurbeleuchtung starrte, keine Ahnung, was ihm dabei die ganze Zeit durch den Kopf ging, womöglich hat er sich längst mit allem abgefunden und wartet nur noch, bis es vorbei ist. Aber was kommt dann? Gibt es ein Leben nach dem Tod? Eine Seele? Irgendetwas, das von einem übrig bleibt, wenn der Körper zerfällt?

Nach einer Ewigkeit haben sie ihn endlich umgebettet und in sein Zimmer gebracht. Eine Schwester und ein Pfleger, die sich offenbar Witze erzählten, während sie Opa wie einen Sack auf das andere Bett warfen, jedenfalls haben sie sich dabei die ganze Zeit halb totgelacht.

Einen Augenblick lang konnte ich Opas Gesicht sehen. Er hat ganz starr geguckt. Genau wie Mama damals.

Wie ich das Leben dafür hasse, dass es einen am Ende derart entstellt!

Irgendwann habe ich die Schwester abgepasst und sie gefragt, ob Opa überhaupt noch eine Chance habe, jemals wieder auf die Beine zu kommen. Doch statt einer Antwort, wie vage auch immer, redet sie sich heraus, beruft sich auf die Vorschriften, dass sie gar keine Befugnis habe, Auskünfte über ihre Patienten zu erteilen, das dürfe, wenn überhaupt, nur der Arzt, und außerdem sei ich ja, wie es aussehe, noch gar nicht volljährig, dann schon gar nicht, ob ich nicht meine Eltern fragen könnte, dass die an meiner Stelle ...

Schnitt!

Im nächsten Moment sehe ich mich von außen und höre, wie ich sie anbrülle: dass ich gar keine Eltern habe, weil meine Mutter längst tot ist, und dass der, der sich mein Vater nennt, ganz sicher nicht mehr in die Klinik kommt, denn dazu habe er gar keine Zeit, entweder ziehe er nämlich gerade irgendwelchen Leuten das Geld aus der Tasche oder er treibe es mit seiner Hure auf dem Küchentisch; ob ihr das als Antwort reiche, wenn nicht, schriebe ich es ihr auch gern in ihre Dienstvorschriften, damit sie es dort bei Bedarf nachlesen könne, und wenn sie keine Befugnisse habe und offensichtlich auch sonst nicht zu viel nutze sei, dann solle sie doch gefälligst den Arzt holen, dazu sei sie hoffentlich befugt.

Erst glotzt sie mich mit ihren Glubschaugen blöd an, dann dreht sie sich wortlos um und lässt mich einfach stehen. Ich brülle ihr hinterher, aber sie dreht sich nicht einmal um und verschwindet hinter der Glastür zur Intensivstation, als sei sie taub und ich Luft.

Bestimmt wird sie dem Alten stecken, was für einen missratenen Sohn er doch hat, aber der weiß das ja schon lange. Ich hoffe nur, sie kommen nicht auf den absurden Gedanken, mir Hausverbot zu erteilen, denn dann, das schwöre ich, lege ich den ganzen Laden in Schutt und Asche!

Vom Krankenhaus bin ich direkt zum Training gefahren. Ein unverzeihlicher Fehler. Die Hitze war überall – in den Straßen, in meinen Adern, in meinem Kopf. Mir war so heiß, dass ich mich nicht eine Sekunde auf meine Gegner konzentrieren konnte, einen Kampf nach dem anderen verlor und selbst gegen die größten Looser nicht die geringste Chance hatte. Jede Niederlage hat das Feuer in mir weiter geschürt, bis ich innerlich schier verbrannte. Ehrlich gesagt, weiß ich noch nicht einmal, was genau passiert ist. Jedenfalls liege ich irgendwann auf dem Rücken, zwei der älteren Schüler über mir, die mich so lang festhalten, bis der Sensei hinzukommt. Lange Zeit sieht er nur schweigend auf mich herab. Dann hilft er mir auf die Beine, überreicht mir mein zerbrochenes Shinai und sagt mit ruhiger Stimme, dass ich erst wiederkommen darf, wenn ich zu den sieben Tugenden zurückgefunden habe. Ich nicke wortlos und gehe.

Wiedersehen werden wir uns nicht.

Freitag, 10. April, 3.13 Uhr

Schweißüberströmt wacht Jamal auf. Reflexartig greift er zur Uhr. 3.13 Uhr. Er horcht. In der Wohnung bleibt es ruhig. Hat er den Schrei gerade nur geträumt?

Er sitzt im Bett und atmet schwer. Er hat von Jasmin geträumt. In ihrem Traum war sie nicht im Arrest, sondern in ihrer Schule. Sie stand vorn und las ihren Mitschülern aus einem Buch vor, als die Tür aufsprang und ein Typ in einem schwarzen Ledermantel hereinkam. Alle wussten, dass er es auf Jasmin abgesehen hatte, auch sie selbst. „Du weißt, warum du sterben musst?", fragte er sie und zwang sie, sich hinzuknien, bevor er ihr die Mündung seiner Pumpgun an den Kopf hielt.

Jamals Kopf sinkt zurück ins Kissen. Was für ein verkackter Traum! Er greift zum Smartphone. Keine neue Nachricht. Er sieht aufs Datum. In weniger als fünfzehn Stunden wird Jasmin ihren Arrest in Gelnhausen antreten. Was ihr jetzt wohl durch den Kopf geht? Wenn er nur bei ihr sein könnte.

Freitag, 10. April, 10.45 Uhr

Kellerhoff wippt mit dem Fuß. „Keine Idee?" Seine Blicke fliegen über die Köpfe seiner Schüler. „Herrschaften!" Er schnippt mit dem Finger. „Ja, Sebastian?"

„Die meisten gucken Horrorstreifen, hab ich gelesen."

Kellerhoff springt vom Pult. „Horrorstreifen. Immerhin ein Anfang. Sieht einer von euch Horrorvideos?"

Keiner traut sich. Jamal sucht Becks Blick, der ihm erst vor kurzem voller Begeisterung von einem Film erzählt hat, in dem ein ahnungsloses Pärchen in die Klauen eines Psychopaten gerät und sich am Ende nur befreien kann, indem sich der Junge seine eigene Hand abhackt.

„Horrorvideos ... Was weiter?" Kellerhoff wirkt von Sekunde zu Sekunde ungeduldiger. „Grundgütiger! Ihr hattet eine Woche Zeit. Soll ich jedem von euch eine Sechs ins Heft schreiben?"

Zögernd heben sich einige Hände.

„Katharina?"

„Das sind meist Einzelgänger." Kathi wirft einen verstohlenen Blick in ihr Heft. „Sie fühlen sich nicht ernstgenommen und rächen sich irgendwann."

„Einzelgänger, okay. Rache. Ja, Tim?"

Gypsie räuspert sich. „Die sind irgendwie größenwahnsinnig."

„Größenwahnsinnig", wiederholt Kellerhoff. „Lässt sich das präzisieren?"

„Die denken irgendwie, dass sie was Besonderes sind."

„Was Besonderes", wiederholt Kellerhoff. „Hat sonst noch jemand etwas herausgefunden?"

Jamal meldet sich. Kellerhoff nickt ihm zu.

„Allen gemeinsam ist die Sehnsucht nach Ruhm."

„Gut."

Kellerhoff wartet noch einige Augenblicke, bevor er das Gesagte zusammenfasst. „Die meisten Täter sind also größenwahnsinnige Einzelgänger, labil und verletzbar, die sich an Horrorfilmen oder Killerspielen berauschen und sich irgendwann für das Unrecht, das ihnen die Umwelt angeblich antut, rächen, am besten auf eine Weise, die ihnen Ruhm verspricht."

Jamals Blick fällt auf ein Taxi, das auf der Straße gegenüber hält. Der Fahrer steigt aus, öffnet den Kofferraum, holt einen zusammengeklappten Rollstuhl heraus, faltet ihn auseinander, schiebt ihn zur Beifahrertür und hilft einer weißhaarigen Frau hinein. Jamal kennt sie, sie wohnt gegenüber. Hinter dem Taxi warten mehrere Autos. Der Fahrer kassiert und steigt wieder ein. Als sich die Kolonne in Bewegung setzt, bleibt die alte Dame allein zurück. Sie wendet ihren Rollstuhl, rollte einige Meter und verschwindet in der Hauseinfahrt.

„Klingt irgendwie klischeehaft", hört er Maja sagen. „Als ob die alle gleich ticken. Aber das sind doch auch Individuen."

„Ein guter Einwand", lobt Kellerhoff. „Und doch gibt es Parallelen, sowohl hinsichtlich der Herkunft als auch der Psyche der Täter. Die meisten *School Shooter*, wie wir sie neudeutsch nennen, sind männlich, weiß, intelligent und entstammen bürgerlichen Familien. In der Regel sind es ruhige, verschlossene Jungs, die sich in einer Krise befinden. Eigentlich ganz normale Typen."

„Normal ist gut", murmelt Kafka.

„Was aber", fährt Kellerhoff ungerührt fort, „lässt den einen Jungen ausrasten und zur Waffe greifen, während Millionen andere, denen es ähnlich geht, ganz und gar unauffällig bleiben?"

Tabea meldet sich. „Vielleicht fressen die Millionen ihren Frust in sich rein. Oder sie reagieren sich irgendwie anders ab. Beim Sport oder so."

„Oder beim Sex", flüstert Beck für alle hörbar.

Kellerhoff steuert auf ihn zu. „Was mich persönlich wundert", fährt er fort, „ist die Tatsache, dass sich nahezu alle *School Shooter* auf die beiden Attentäter von Columbine berufen. Columbine ist Ihnen ein Begriff, Herr Beck?"

„Waren das nicht die aus der Schulcafeteria?"

„Eric Harris und Dylan Klebold, richtig, zwei Psychopathen, auf die sich Amokläufer noch fast eine Generation später berufen, mehr noch, ein Beispiel nehmen, und genau das ist es, was ich nicht verstehe: Warum ahmen sie die Tat anderer nach, wenn sie doch selbst groß rauskommen wollen?"

Kellerhoff blickt Beck direkt in die Augen, der auf seiner Oberlippe herumkaut.

„Keine Ahnung, ist das denn wichtig?"

Kellerhoff wendet sich an Jamal. „Hast du eine Idee?"

„Weil sie das kennen?", antwortet Jamal aufs Geratewohl. „Ist leichter, als sich selbst etwas auszudenken."

„Möglich." Kellerhoff wiegt den Kopf. „Plausibler jedoch erscheint mir die Hypothese, dass sie eine Art von Gemeinschaft suchen: Wir, die Unterdrückten, zeigen es euch, und wir sind viele." Als er weiterredet, spricht er wieder zur ganzen Klasse. „Ich kann euch nur um eines bitten: Seid wachsam! Es gibt Warnzeichen, bei denen ihr aufmerken solltet. Wenn einer eurer Mitschüler ständig wütend ist, ständig andere für sein Elend verantwortlich macht, sich für brutale Gewalt begeistert und die Schulmassaker von Littleton oder Erfurt oder Winnenden als gerechtfertigt verteidigt, weil die Opfer ihren Tod aus irgendeinem Grund verdient haben oder die Gesellschaft an allem schuld ist oder wer auch immer, dann seid auf der Hut! Vertraut euch eurem Lehrer an oder meinetwegen auch euren Eltern. Seht nicht einfach weg. Oft kann den Betroffenen geholfen werden, bevor sie sich oder andere ins Unglück stürzen."

Freitag, 10. April, 23.30 Uhr

Jamal löscht das Licht. Finsternis umgibt ihn. Doch schon bald steigen die ersten Bilder vor seinem geistigen Auge auf.

Verdammt!

Dabei ist er selbst schuld. Um eine Vorstellung davon zu bekommen, was Jasmin im Jugendknast erwartet, hat er im Internet nach Erfahrungsberichten gesucht. Insgeheim hatte er gehofft, die Berichte könnten ihn beruhigen, weil die Vorstellung meist schrecklicher ist als die Realität. Tatsächlich jedoch verhält es sich gerade umgekehrt.

Ich war öfters dort, und es war immer wieder nur schrecklich. Das waren die schlimmsten zwei Wochen in meinem Leben.

Der reinste Horror ...
Die machen einen Menschen richtig kaputt.

Ein ehemaliger Gefangener erzählt von der Heimtücke der Wärter. Ein anderer von der grenzenlosen Langeweile eines nicht enden wollenden Tages. Das miese Essen, die katastrophale Hygiene und immer wieder der ungenießbare Tee – als ob die Brühe, die man den Insassen vorsetzt, die Essenz ihres Entsetzens sei.

Wahrscheinlich sind die meisten Erzählungen maßlos übertrieben, redet sich Jamal ein. Doch jenseits aller Übertreibung lässt sich die grenzenlose Ohnmacht erahnen, die Angst, ohne Schutz einem fremden Willen, einer unsichtbaren Macht ausgeliefert zu sein.

Unter den vielen vorüberziehenden Bildern kehrt eines immer wieder zurück:

Jasmin liegt auf einer grauen Decke in einem riesigen Bett und wird immer kleiner und kleiner, bis von ihr nichts mehr übrig ist, da sie sich in ihre Angst verwandelt hat, in ihren finstersten Traum.

Mood: just sad

Music: Xxxtentacion

Opa ist tot.

Er hat nicht einmal mehr die Augen geöffnet. Wir waren bei ihm, der Alte und ich. Beide haben wir seine Hand gehalten, bis es vorbei war. Sein letzter Atemzug war ein tiefer Seufzer, dann war es lange Zeit still. Als der Alte zu schluchzen anfing, bin ich rausgegangen und wäre am liebsten sofort abgehauen, aber dann musste ich eine Ewigkeit warten, weil der Alte unbedingt noch mit dem Chefarzt reden wollte, keine Ahnung, wieso, als ob das irgendetwas ändern könnte …

Jedenfalls meinte irgendeine Schwester, dass ihr Chef im OP sei, von wegen schwerer Unfall und dass das dauern könne. Ewigkeiten sitzen wir auf diesem kahlen Flur, während der Alte flennt oder mit seiner Braut telefoniert, die alle paar Minuten anruft, um ihn zu trösten, bis ich es nicht mehr aushalte und durch die Klinik irre auf der Suche nach einem Ort, wo ich allein sein kann, aber weit und breit keinen finde. Sogar auf der Toilette schließe ich mich ein, wo es aber dermaßen stinkt, dass es mich würgt, weshalb mir am Ende nichts anderes mehr einfällt, als mich wieder zu Opa zu setzen, ein weiterer Abschied, warum auch nicht.

Im Halbdunkel seines Zimmers sah Opa aus, als ob er schliefe. Anders als vorhin aber stand sein Mund nun weit offen, so als wolle er schreien, habe aber keine Kraft mehr dazu. Weil ich nicht wusste, was ich tun sollte, erzählte ich ihm von den sieben Tugenden und den fünf Forderungen, der Treue sich selbst gegenüber, der Bescheidenheit und Härte, dem Ehrgefühl und der Reinheit, Eigenschaften, die den Krieger zu seinem Ziel führen, entsprechend dem Kodex des Bushido, der wahrhafte Taten heiligspricht und mit der Klinge des Schwerts in das Herz seiner Wächter geritzt wurde.

Plötzlich geht die Tür auf, und ein schwabbeliger Mann in einem schwarzen, schlabbrigen Anzug kommt herein. Wegen seiner schwarzen Krawatte halte ich ihn zuerst für einen Priester, der mit mir beten will, tatsächlich jedoch stellt sich der Fettsack als Bestatter vor, der erste *Vorkehrungen* zu treffen habe. Ohne sich mit weiteren Erklärungen aufzuhalten, geht er zum Bett, zieht das Laken weg, drückt Opas Hände ineinander und presst ihm eine Plastikstütze unters Kinn, wobei Opas Zähne hörbar aufeinanderschlagen. Währenddessen nickt er mir immerfort zu mit seinem Schwabbelkinn, als ob er mir einen Gefallen täte, nötigt mich zum Abschied, noch einmal seine schlaffe Hand zu drücken, und wünscht mir viel Kraft, mir, ausgerechnet! Am liebsten hätte ihm eins in die Fresse gehauen und ihm Opas Kinnstütze in den Schwabbelhals gerammt, dem Heuchler!

Noch immer geht mir die Szene nicht mehr aus dem Kopf. Wie ein Virus hat sie sich in mir eingenistet. Seit Opas letztem Atemzug waren vermutlich schon zwei Stunden vergangen, wahrscheinlich mehr. Aber erst in diesem Augenblick wurde mir bewusst, dass es Opa nicht mehr gibt, dass er von einem Moment auf den anderen kein Mensch mehr war, sondern eine Puppe, die man für kurze Zeit herrichtet, bevor man sie entsorgt.

Wie kann das denn sein, dass man eben noch ein Bewusstsein hat, vielleicht sogar eine Seele, und Sekunden später davon nichts mehr übrig ist? Wie kann ein Menschenleben einfach so erlöschen?

Später, im Auto, hat der Alte meine Hand genommen und gesagt, dass es jetzt nur noch uns beide gebe. Während wir durch die Nacht fuhren, habe ich wirklich geglaubt, dass er das auch so meint, wollte es glauben, schließlich hätte ich auch die Beifahrertür aufreißen können, um mich kopfüber vor das nächste Auto zu stürzen, dann wäre es vorbei gewesen, dieser Druck, dieser bohrende Schmerz in meiner Brust, vermutlich hätte ich noch nicht einmal etwas gespürt, aber ich blieb und redete mir ein, dass er fortan für mich da sein würde, nur wir beide, zwar keine vollständige Familie, aber doch ein Rest davon.

Ich weiß nicht, was in mir vorgegangen ist. Vielleicht gebiert die Trauer ja ähnliche Trugbilder wie Terminal II. Oder es ist die Hitze, diese mörderische Glut, die sich selbst in der Nacht noch in mein Hirn frisst und mein Bewusstsein trübt.

Jedenfalls platzt die Seifenblase in dem Moment, da der Alte das Auto vor dem Haus parkt, die Eingangstür aufspringt, seine Braut herausstürzt und ihm in die Arme fliegt. Während sie ihm Trost spendet, ziehe ich mich leise in mein Zimmer zurück.

Inzwischen verstehe ich auch, was er vorhin damit gemeint hat, dass es jetzt nur noch uns beide gibt: Es gibt ihn und mich, zwei Fremde, die künftig jeder für sich bleiben werden, weil niemand mehr da ist, der sie verbindet.

Ich hasse mich dafür, dass ich, selbst wenn es nur einige Augenblicke waren, so schwach sein konnte, ihm zu glauben!

Ich muss mich auf meine Stärken besinnen.

Ein Ronin hat keine Gefährten.

Ein Ronin schöpft die Kraft aus sich selbst.

Nur er allein bestimmt sein Schicksal.

Gleichgültig ob er den Seppuku wählt, den ehrbaren Freitod.

Oder den Bushido beschreitet, den Weg des Kriegers.

Samstag, 11. April, 6.14 Uhr

Jamal erwacht noch vor dem Alarm seines Weckers. Der Tag der Tage. Er hat ihn minutiös geplant.

6.15 Uhr Wecken.

Ehemalige Gefangene haben den Tagesablauf in der Jugendarrestanstalt Gelnhausen detailliert dokumentiert. Morgens wird eine Wärterin Jasmin als allererstes zeigen, wie sie die Decke ihres Bettes zu falten hat. Sie wird das einige Male wiederholen müssen, bis sich die Aufseherin zufrieden geben wird. Danach wird die sie auffordern, sich zu waschen und sich die Zähne zu putzen. Dann muss Jasmin ihre Zelle reinigen, die aus einem Bett, einem Holztisch, zwei Holzstühlen, einem Schrank, einem Waschbecken und einer Toilette besteht. Einzelarrest sei selten, heißt es, daher wird Jasmins Zelle vermutlich über ein weiteres Bett verfügen, das eine andere Delinquentin belegt, mit der sich Jasmin auch die Toilette teilen wird, die wiederum keine Trennwand besitzt, sodass sich, wer muss, ins Schaufenster setzt, der Entzug der Intimsphäre ist Teil der Strafe.

Jamal steht auf, macht sein Bett, räumt sein Zimmer auf, wäscht sich, putzt sich die Zähne, zieht sich an und geht in die Küche.

7 Uhr Frühstück.

Es gibt zwei Scheiben Brot und Tee, der nach Spülwasser schmeckt. Jamal stellt sich vor, wie Jasmin im Frühstückssaal zaghaft erste Kontakte zu knüpfen versucht. Wahrscheinlich wird man sie von Thea fernhalten. Die Mädchen, mit denen sie zusammensitzt, haben vermutlich Schlimmeres verbrochen als sie. Jasmin ist klug, sie wird sich bedeckt halten. Zumindest hofft Jamal das. Vor allem hofft er, dass sie an keine Schlägerin gerät. Oder an eine Bande, die im Knast keine schöne Mädchen aus gutem Hause duldet.

7.30 Uhr Sport.

Glaubt man den Ex-Gefangenen, so werden die nächsten zwei Stunden für Jasmin die anstrengendste Zeit des Tages. Sie ist nicht unsportlich, aber wenig trainiert. Fünf Kilometer Joggen, damit fängt es an. Zum Glück ist es früh, die Sonne steht noch tief. Wärterinnen treiben die Mädchen an, wie in einem Bootcamp. Niemand darf sich hängen lassen, Leistungsverweigerung wird unter keinen Umständen toleriert. Auf den morgendlichen Lauf folgen Liegestütze und Klimmzüge. Wärterinnen treiben die Insassinnen an, sie sollen ihre Strafe auch körperlich spüren.

Nachdem Jamal von einem ausgedehnten Lauf entlang der Nidda zurückgekehrt ist, begleitet er Jasmin in Gedanken zurück in ihre Zelle. Hauptsache, sie hält sich an die Vorschriften. Wer sich aufs Bett setzt, dem droht Arrest in der Strafzelle, wo es kein Bett gibt, auf das man sich setzen könnte. Wahrscheinlich wird Jasmin am Fenstergitter stehen. Oder auf einem der polsterlosen Holzstühle sitzen und gegen die weiße Wand starren. Vielleicht wird sie duschen. Oder sich mit ihrer Zellengenossin unterhalten. Irgendwie die Zeit rumkriegen, bis ...

11.30 Uhr Mittagessen.

Kein geschmortes Lamm an Harissa, Koriander und Aprikosen. Über das Essen hat kaum einer der *Arrestanten* ein gutes Wort verloren. Um nicht aufzufallen, wird Jasmin zumindest so tun, als ob sie äße, vielleicht gibt es auch Brot oder Obst, das wird ihr reichen, sie isst nicht viel.

Jamal lässt das Mittagessen ausfallen. Seine Mutter verkneift sich jeden Kommentar, schließlich weiß sie, dass an diesem Wochenende nichts ist wie sonst.

87

13 bis 16 Uhr Arbeit oder Allgemeine Freizeit.

Die Jugendarrestanstalt Gelnhausen, hat Jamal in einem Internetvideo gesehen, unterhält eine eigene Werkstatt, in der die Insassen schreinern oder töpfern. Wer keine Lust dazu hat, kann am nachmittäglichen Sportprogramm teilnehmen oder die Zeit in seiner Zelle absitzen. Dort gibt es weder Fernsehen noch Radio, auch Bücher oder Zeitschriften sind verboten, Smartphones sowieso. Die Büßerinnen sollen über ihre Sünden nachdenken, darüber, was sie falsch gemacht haben und besser machen wollen, sie sollen sich mit sich selbst beschäftigen, in sich hineinhorchen, in den inneren Spiegel sehen, bis sie darin einen Menschen erblicken, der bereit ist, sich *nachhaltig* zu verändern. Im Video nennt der Leiter der Anstalt den dortigen Aufenthalt einen *Warnschussarrest.*

16.30 Uhr Abendessen.

Wieder zwei Scheiben trockenes Brot. Wieder trüber Tee.

Jamal hockt auf dem Boden seines Zimmers und zerkaut sein Brot zu einem Brei, den er mit warmen Tee herunterspült. Woran Jasmin gerade denkt? Er steht auf und tritt ans Fenster. Sein Blick schweift über die Dächer der Vorstadt hinaus, taucht in den Dunst der Stadt, streift die Frankfurter Skyline ...

Wenn Jasmin hinaussieht, wird sie denselben Himmel erblicken. Jamal fühlt sich ihr nah. Er harrt mit ihr aus. Bis die Schatten länger werden. Bis sich der Tag neigt. Bis die Dämmerung hereinbricht.

22 Uhr Nachtruhe.

Jamal löscht das Licht.

Mood: empty
Music: Nirvana

Es ist die Stille des Todes, der sich bei uns eingenistet hat.

Ich bin mit dem Alten allein im Haus, da seine Braut schon früh aufbrechen musste, angeblich wegen einer Geschäftsreise, jedenfalls habe ich sie nicht mehr gesehen. Der Alte sitzt im Wohnzimmer. Er hat die Tür geschlossen, damit ich ihn nicht heulen sehe. Opas Seele, hat er vorhin gemeint, lebe in unseren vier Wänden weiter. Keine Ahnung, ob er diesen Bullshit wirklich glaubt. Was ich sicher weiß: Der Alte ist zu schwach für den Tod, er ist ja noch nicht einmal stark genug fürs Leben.

Wenn dein Schwert geschärft ist, trennt es den Kopf mit einem einzigen Schlag vom Rumpf. Es kommt auf den richtigen Winkel an und auf deine Fähigkeit, dich im entscheidenden Moment aus der Fessel deines Seins zu befreien. Nur wenn ihr eins seid, wenn du dein Schwert bist, folgt es dem Weg, den deine Gedanken ihm weisen.

Vorhin habe ich mir zur Erbauung aus dem Darknet einige Videos heruntergeladen, offenbar aus dem Kongo, aus Libyen und den USA. Wobei das Letzte womöglich ein Fake war, aber immerhin gut gemacht. Der Film hieß *How I Killed my Dad With a Sword*. Ein Alter mit Halbglatze sitzt in seinem Sessel und sieht fern. Auf dem Bildschirm erscheinen die Zwillingstürme des World Trade Centers. Der Glatzkopf trinkt einen Schluck Bier, stellt die Flasche ab und lehnt sich grunzend zurück. In diesem Moment taucht hinter ihm eine Gestalt auf. Sie trägt einen schwarzen Latexanzug und eine enganliegende Maske. Einige Sekunden verharrt sie hinter dem Sessel des Alten und starrt wie der auf den Fernseher. Plötzlich zieht sie ein Schwert aus der

Scheide, federt in den Knien und schlägt zu. Genau in dieser Sekunde rast das erste Flugzeug in den Turm. Flammen schießen aus dem Gebäude, Schreie ertönen, worauf der Vermummte zur Fernbedienung greift und auf stumm schaltet.

„Sorry, Dad", hört man seine Stimme, „du dachtest wohl, du seist durchsichtig, bist du aber nicht. Du kannst bestimmt verstehen, dass ich diesen entscheidenden Augenblick auf keinen Fall verpassen durfte."

So cool.

Am Dienstag ist die Beerdigung. Ich weiß noch nicht, ob ich hingehe. Ich hasse solche Veranstaltungen. Außerdem, verabschiedet habe ich mich ja schon von Opa. Viele Leute werden eh nicht kommen. Außer den beiden Großnichten aus Gera gibt es keine Verwandten, und von Opas Freunden sind die meisten längst tot. Ob sich die Braut des Alten für Opas Beerdigung von ihren ach so wichtigen Verpflichtungen *loseisen* kann? Dann hätte der Alte zumindest jemanden, der ihn stützt, wenn er an Opas Grab kollabiert.

Nein, ich sollte mir das nicht antun!

Besser, ich bleibe daheim und bereite mich auf das Wesentliche vor.

Besser, ich versenke mich in die Leere, in die Stille, in den Ozean des Nichts.

Besser, ich schärfe meine Sinne für den Tag, an dem ich mich endgültig von allem befreie.

Sonntag, 12. April, 22.40 Uhr

Jamal schließt die Augen und presst den Hörer an sein Ohr. Er hält die Luft an, lauscht auf ihren Atem, stellt sich vor, sie wäre bei ihm.

Nun, da das Wochenende beinahe vorüber ist, erscheinen ihm die vergangenen Tage wie ein Wachtraum. Real und doch wieder nicht. Die Wirklichkeit ist so zerrissen wie er selbst. Ob Jasmin ahnt, dass ein Teil von ihm die ganze Zeit über bei ihr war?

Jasmin will nicht reden. Noch nicht. Aber sie hat ihn, gleich nachdem sie sich von ihren Eltern zurückziehen durfte, angerufen. Und sei es, um gemeinsam mit ihm zu schweigen.

In den Minuten, da er sich neben sie träumt, empfindet Jamal sie so nah wie nie zuvor. Ganz gleich, was geschehen ist, nun ist es vorbei.

Er hört sie ein- und ausatmen, passt sich ihrem Rhythmus an, wartet, bis sie auflegt.

Mood: coldblooded
Music: Christian Death

So nah ist der Ronin.

Niemand sieht ihn, niemand hört ihn, niemand spürt ihn kommen.

Wer sein Antlitz erblickt, ist einen Wimpernschlag vom Jenseits entfernt.

Macht euch bereit!

Heute war ich zum letzten Mal am Terminal, um den Spiegel zu polieren. Ein seltsamer Abschied. Ich habe die Flugzeuge aufsteigen sehen und mir vorgestellt, mitzufliegen, irgendwohin, wo mich niemand kennt, ein neues Leben beginnen, ohne Namen und ohne Vergangenheit. Kann man sich selbst entfliehen? Ich glaube nicht. Erinnerungen lassen sich nicht einfach löschen, sie holen dich ein, wenn du am wenigsten damit rechnest. Zudem verrät sich im Blick deine Angst.

Kerim hatte im Übrigen recht. Meinen Restlohn haben sie mir anstandslos ausgezahlt. Ein kühles Bedauern, ein verschwitzter Händedruck, das war's.

Vom Flughafen bin ich sogleich in die Stadt gefahren, um mich mit meinem Katana zu vereinen. Schon seit es geschmiedet wurde, ist es ein Teil von mir. Sein Wert ist unermesslich. Gemeinsam sind wir unbesiegbar.

Montag, 13. April, 9.38 Uhr

Im Platanenhof ist es angenehm kühl. Eine Schattenoase inmitten der gleißenden Stadt. Jamal lehnt an einem Baum und spürt in seinem Rücken die schrundige Rinde des knorrigen Stamms. Er sieht hinauf. In der Krone der Platane nistet die Mittagssonne und scheint die hellgrünen Blätter von innen heraus zu erleuchten. Zwischen den Zweigen blitzen Tupfer des blassblauen Himmels.

Jasmin tritt lautlos in die dunkle Stille. Einen Augenblick lang wirkt sie verwirrt. Als sich ihre Augen an die Schatten gewöhnt haben, steht er schon neben ihr und nimmt sie in den Arm. Sie legt ihren Kopf auf seine Schulter. Hin und wieder vernimmt er Stimmen von der Großbaustelle gegenüber – Zurufe in einer fremden Sprache. Ein Auto nähert sich ihrer Insel und fährt beinahe lautlos vorbei. Aus einem offenen Fenster weht die Klage eines weinenden Kinds herüber. Irgendwo klingelt ein Fahrrad. Unversehens sticht ein hoher, sirrender Ton in sein Ohr, wie von einem in Schwingung geratenen Draht, der abrupt abbricht. Im nächsten Moment rauscht der Wind durch die Wipfel der Platanen. Sekundenlang ist es still. Plötzlich kracht ein Fenster zu. Dann wieder Stille.

Zehn Minuten stehen sie nur da und schweigen, als ob die vergangenen Tage alle Wörter gelöscht hätten.

Als sie einander freigeben, ist ein Jahr vergangen. Winzige Schweißperlen glitzern auf Jasmins Stirn.

„Du zuerst."

Einer muss den Anfang machen. Sich trennen. Eintauchen in die Stadt. Unsichtbar bleiben, wenn ihm der andere folgt.

„Du."

In dem Moment, da sich Jasmin von ihm abwendet, nimmt Jamal im Augenwinkel eine Bewegung wahr. Kaum mehr als ein

93

Schatten, der sogleich mit dem Schatten der Bäume verschmilzt. Jasmin dreht sich noch einmal zu ihm um. Ein letzter Blick, bevor sie ins Licht tritt. Während ihre Schritte verhallen, späht Jamal ins Dunkel. Er wittert eine dumpfe Bedrohung, lauscht in die Stille, lauscht ins Nichts. Gerade hat er entschieden, dass er sich den Schatten nur eingebildet hat, als sich hinter ihm hastige Schritte entfernen. Jamal bricht durch die Büsche, geblendet vom jähen Licht, und sieht noch, wie eine Kapuzengestalt um die nächste Häuserzeile huscht, zu weit entfernt, um ihr zu folgen. Unschlüssig verharrt er am Rande der Straße. Vom Gerüst der Baustelle blicken zwei Arbeiter auf ihn herab. Über ihre Köpfe schwenkt der Arm eines Krans, dessen Schatten die Insel zerteilt.

Montag, 13. April, 11.20 Uhr

Am Ende der Stunde sind die meisten bereits aufgestanden, als ihr Lehrer noch einmal die Arme hebt und um Ruhe bittet.

„Ich muss euch noch etwas mitteilen."

Kellerhoff ist anzusehen, dass ihm das, was er nun zu verkünden hat, unangenehm ist. Er wartet, bis sich auch Beck wieder gesetzt hat, und holt tief Luft.

„Es hat eine Beschwerde gegeben", beginnt er und scheint nach den richtigen Worten zu suchen. „Sie betrifft meine Bitte an euch am Ende unserer letzten Stunde. Wenn euch am Verhalten eines Mitschülers etwas verdächtig erscheint, ihr erinnert euch sicher." Kellerhoff stockt, blickt sich in seiner Klasse um, fährt dann mit leiser Stimme fort. „Ein Elternteil – wer es war, wurde mir nicht mitgeteilt und spielt auch keine Rolle – hat meine Hinweise allem Anschein nach so interpretiert, als sei es meine Absicht, euch zum Denunziantentum zu ermuntern."

Unmut regt sich in der Klasse, doch Kellerhoff räuspert sich und bittet erneut um Ruhe.

„Nur fürs Protokoll", fährt er fort. „Nichts liegt mir ferner, als meine Schüler zu Spitzeln zu erziehen. Sollte das einer von euch so aufgefasst haben, dann möchte ich mich bei ihm oder ihr ausdrücklich dafür entschuldigen."

„Das ist doch Schwachsinn!", ruft Kafka dazwischen.

„Paranoid!", wirft Basti ein.

Kellerhoff hebt beschwichtigend die Arme. „Wie dem auch sei, man muss das respektieren, ganz gleich, wie ich es gemeint oder gesagt habe, ganz offensichtlich ist es zumindest in diesem einen Fall missverständlich rübergekommen. Daher meine Versicherung, dass ich das Gegenteil dessen beabsichtigt habe. Spitzel wollen anderen schaden. Spitzel bereichern sich, indem sie intime Informationen über Freunde oder Nachbarn an Dritte verkaufen. Wenn ich euch auffordere, achtsam zu sein und deutliche Verhaltensauffälligkeiten oder Verhaltensänderungen eines Mitschülers nicht einfach zu ignorieren, dann will ich ihn und euch lediglich schützen."

„Das haben wir auch so verstanden", beteuert Karen. Andere Schüler nicken.

„Vielen Dank, das will ich euch gern glauben", erwidert Kellerhoff, dem der Vorwurf ganz offensichtlich zugesetzt hat. „Aber offenbar denken nicht alle so. Daher noch einmal: Es geht nicht darum, jemanden anzuschwärzen oder in Misskredit zu bringen, im Gegenteil: Mir geht es darum, einen jungen Menschen vor einer großen Dummheit, vor einem Unglück zu bewahren. Wahrscheinlich wird von euch nie jemand in diesen Gewissenskonflikt geraten. Aber wenn … Wenn ihr glaubt, da ist einer, der steht kurz davor, auszurasten, sich selbst oder anderen Leid zuzufügen, auf welche Weise auch immer, dann dürft ihr keine Sekunde zögern, dann müsst ihr euch jemandem anvertrauen, wenn nicht uns Lehrern, dann euren Eltern, die wissen werden, was zu tun ist."

Mood: disillusioned
Music: Disturbed

Was für ein grundbeschissener Tag! Warum tue ich mir das an? Aus Respekt vor Opa? Oder hält mich nur noch der Schmerz am Leben?

Heute ist Opa beerdigt worden. Wir waren schon eine halbe Stunde früher da, der Alte, seine Braut und ich. In der Trauerhalle saßen wir in der ersten Reihe, vor uns der Sarg und ein Kranz mit Schleife. „In Trauer" stand darauf, dahinter unsere Namen, nichts weiter, nicht ein persönliches Wort. Noch Fragen?

Wir sitzen also in dieser riesigen Halle und warten, aber niemand kommt. Die Zeit verrinnt, doch nichts geschieht. Irgendwann schlurft ein Greis herein, den, wie ich später erfahre, auch der Alte nicht kennt, vielleicht ein Friedhofsnomade, wer weiß, jedenfalls bleibt es dabei – wir und der Greis, das war's.

Um kurz vor zehn fragt der Pfarrer, ob wir noch länger warten wollen. Der Alte ist völlig weggetreten, sieht immerzu auf seine Rolex, stammelt irgendetwas, von wegen dass er doch alle eingeladen habe, jeden persönlich, und fängt dann natürlich wieder an zu heulen. Seine Braut wirft mir einen Blick zu, der alles heißen könnte: *Kümmere dich doch um ihn!* oder *Ich weiß auch nicht, was mit ihm ist.* Oder nur: *Oh my God!* Vielleicht ist es auch ihr mittlerweile peinlich, wie sehr sich der Alte gehen lässt, oder, wer weiß, vielleicht hatte sie auch bloß wieder einen *echt wichtigen* Termin – keine Ahnung, kann mir im Grunde auch egal sein.

Wir sind schon eine viertel Stunde über der Zeit, als der Pfarrer erneut zu uns kommt und mit Trauermiene nach draußen deutet, wo sich bereits die nächste Gemeinde versammelt. Ob das okay sei, wenn er nun begänne? Der Alte nickt, ich zucke mit den Achseln, die Braut hält sich raus. Im nächsten Moment macht der Pfarrer dem Organisten ein Zeichen und fängt dann an, Opas Bescheidenheit zu loben und seine Verdienste herauszustellen, obwohl er Opa, soweit ich weiß, zu Lebzeiten nicht einmal begegnet ist. Wenn die Trauerhalle voll gewesen wäre, hätte das alles ja vielleicht noch Sinn gemacht, aber so? Dem Alten und mir schließlich brauchte er das alles nicht zu erzählen, und die Braut des Alten interessierte sich für seine Ausführungen wahrscheinlich ebenso brennend wie der Greis, der schon nach wenigen Minuten wegdämmerte.

Opa hat von den Leuten immer nur gut gesprochen, so als ob es das Böse gar nicht gäbe, oder besser, als ob das Böse etwas Abstraktes sei, für das die Menschen selbst nichts könnten. Jetzt sieht er, was er davon hat! Kein einziger dieser Wichser hielt es für nötig, sich von ihm zu verabschieden. Weder seine Skatbrüder noch seine lieben Nachbarn noch seine verfickten Großnichten, denen er jedes Jahr zu Weihnachten Pralinen geschickt hat, die sich bei ihm aber nur dann gemeldet haben, wenn sie mal wieder in der Stadt waren und eine billige Bleibe brauchten, Frühstück inbegriffen.

Dann ist die Andacht vorüber. Als wir hinter dem Sarg ins Freie treten, ist der Platz vor der Trauerhalle voll von Trauernden, die aber nicht wegen Opa, sondern einem anderen hier sind. Augenblicklich ist es still, und die Menge teilt sich vor uns wie das Rote Meer vor Moses. Am Grab leiert der Pfarrer Beschwörungsformeln, während die Träger an Seilen den Sarg herablassen. Zu dritt stehen wir da und werfen Erde ins Grab. Der Greis ist verschwunden. Wahrscheinlich ist er sitzen geblieben und wartet bereits auf die nächste Gemeinde, oder er schläft einfach weiter.

Nach der Zeremonie haben es der Pfarrer und die Träger eilig. Allein stehen wir am Grab – drei Fremde, nur durch die Trauer geeint. Die Sonne brennt mir schon wieder Löcher ins Hirn, der

Schweiß rinnt mir den Rücken hinunter, das Hemd unterm Jackett pappt auf der Haut. Der Alte bewegt seine Lippen, anscheinend betet er oder er redet mit Opa, Hauptsache er heult nicht mehr, alles andere ist mir egal. Plötzlich legt seine Braut den Arm um mich. Ich zucke zurück, weil ich mit ihrer Berührung nicht gerechnet habe, worauf sie sofort loslässt und ich mich bei ihr entschuldige – wie bescheuert ist das denn! Und als ob der Alte noch einen draufsetzen will, raunt er so was wie „Ist schon gut, Junge, lass dich ruhig fallen", als ob er irgendetwas raffen würde, verdammt, was mischt er sich überhaupt ein, kann er nicht einmal seine Schnauze halten, nur ein einziges Mal?

Noch auf dem Weg zum Auto ruft er das Restaurant an und bestellt den Tisch wieder ab – der Leichenschmaus muss aus Mangel an trauernden Gästen leider entfallen. Offenbar macht ihm irgendwer klar, dass er den Tisch trotzdem bezahlen muss, jedenfalls regt er sich fürchterlich auf, schließlich geht es ums Geld, um sein Geld, und bei Geld hört die Trauer auf. Tatsächlich, und das ist kein Witz, hat er sich noch vor Opas Tod bei verschiedenen Bestattungsunternehmen *Kostenvoranschläge* für infrage kommende Särge, für die Grabstelle und die Beisetzung eingeholt, ich hab die Ausdrucke im Wohnzimmer liegen sehen, dabei hat er Geld zum Abwinken, der alte Geizkragen, er kotzt mich nur noch an!

Vom Friedhof sind wir in die Stadt gefahren, weil seine Braut ihren Laptop aus dem Büro holen wollte, um von daheim, sprich von uns aus, ihre Geschäfte zu erledigen. Während wir im Auto auf sie warten, fängt der Alte wieder mit uns beiden an, dass wir jetzt zusammenhalten müssten, weil wir doch ein *Team* seien, ein *starkes Team*, zumal wir trotz Opas Tod auch in Zukunft zu dritt seien, wir beide und seine Braut, die ich ja auch möge, worüber er sehr glücklich sei, blablabla. Er hört gar nicht mehr auf damit und peilt nicht, dass ich von Minute zu Minute wütender werde, bis mir irgendwann rausrutscht, dass ich ganz gut alleine klarkomme und entsprechende Vorkehrungen längst getroffen hätte. Shit! Natürlich wird er gleich hellhörig, denn so blöd ist er auch wieder nicht, fragt, was ich damit meine, will wissen, von welchen Vorkehrungen ich spreche, wird immer nerviger, bis ich mich damit rausrede, dass ich ja jetzt mein eigenes Geld verdiene und ihm nicht mehr allzu lang auf der Tasche liegen werde, so etwas in der Art, keine Ahnung, ob er das wirklich geschluckt hat, aber irgendwann hat uns zum Glück seine Braut erlöst, denn kaum dass er sie im Rückspiegel erblickt, ist das Thema vom Tisch.

Wie geldgeil er ist, zeigte sich auch daran, dass er selbst am Tag der Beerdigung seines eigene Vaters in die Bank fahren musste, *weil sich die Arbeit ja nicht von allein erledigt.* Besser, er wäre daheim geblieben. Denn mich den ganzen Abend über mit seiner Braut allein zu lassen, war ein unverzeihlicher Fehler, der ihm noch leidtun wird.

Im Haus ist es heiß wie in einem Backofen. Vielleicht war das der Grund, wieso von Anfang an so eine knisternde Stimmung zwischen ihr und mir herrschte. Schon allein wie sie mich angesehen hat, irgendwie herausfordernd und schüchtern zugleich. Ich weiß nicht, was plötzlich los war, aber irgendwie wussten wir beide, dass irgendetwas passieren würde, nur was, war uns nicht klar.

Zunächst haben wir Tee getrunken, von wegen abwarten und Tee trinken, und geredet, belangloses Zeug. Irgendwann lässt sie die Katze aus dem Sack, nicht direkt, eher hintenrum: Wie ich mit dem Alten auskomme, ob ich meine Mutter vermisse, wie ich mir meine Zukunft vorstelle und so. Natürlich ist mir klar, worauf sie hinaus will, sie will wissen, ob ich mir auch eine Zukunft zu dritt vorstellen kann, als Anhängsel von ihr und dem Alten. Aus Spaß spiele ich mit und lasse sie in dem Glauben, dass wir bestimmt eine Bilderbuchfamilie wären, die beiden und ich, schließlich kommt es nicht mehr drauf an, jetzt, da mein Entschluss feststeht. Wir trinken Wein und reden, sie taut regelrecht auf, erzählt sogar persönliche Sachen aus ihrer Kindheit, dass ihre Eltern geschieden waren, sie bei ihrer Mutter aufgewachsen ist und ihren Vater nur selten gesehen hätte. Irgendwann verkündet sie, dass sie sich duschen wolle, weil sie vom Friedhof so verschwitzt sei, ob ich ihr ein Handtuch geben könne, es käme ihr falsch vor, danach zu suchen.

Während sie also ins Bad geht, hole ich aus dem begehbaren Kleiderschrank ein Duschtuch. Da die Tür zum Bad halb offensteht, gehe ich, ohne zu klopfen, rein. Sie hat sich ihren Rock schon ausgezogen und knöpft sich gerade ihre Bluse auf. Ich starre sie an, verdammt, was soll ich auch anderes tun? Als sie mich im Spiegel sieht, sagt sie so etwas wie „Danke, lieb von dir" und „Leg es bitte da hin", während sie gleichzeitig ihre Bluse auszieht, sodass sie nur noch mit BH und Strumpfhose vor mir steht. Ich lege das Handtuch auf die Ablage und will gerade gehen, als sie den Verschluss ihres BHs löst und ich im Spiegel ihre Brüste sehe. Verdammt, ist es das, was sie unter Familienleben versteht? Ich weiß, dass ich gehen sollte, bleibe aber trotzdem und starre sie an, bis sie so etwas sagt wie „Hey, jetzt aber raus mit dir", so halb im Scherz, weshalb ich bleibe, der ganze Abend, ihre Blicke und der Wein, ich weiß auch nicht, jedenfalls strecke ich die Hand nach ihr aus, um sie zu berühren, worauf sie mich erst ungläubig ansieht und dann mit einem Mal losschreit, „Raus hier!" und „Wird's bald!" und als ich immer noch nicht reagiere „Du verschwindest jetzt auf der Stelle, oder willst du, dass ich deinem Vater erzähle, was du für einer bist?"

Keine Ahnung, ob sie dem Alten später wirklich gesteckt hat, was ich denn für einer bin, ist auch egal, wichtig ist nur, dass ich noch in derselben Nacht eine Entscheidung getroffen habe, die sie unmittelbar betrifft:

Ich werde sie einbeziehen in meinen großen Plan – sie und den Alten.

Hier schließt sich der Kreis:

Frei sein kann nur der Mutige.

Respekt ist Ausdruck innerer Stärke.

Des Kriegers Kraft offenbart sein Mitgefühl.

Das Rechte wird belohnt, das Unrechte bestraft.

Nur die Edelsten bleiben sich selbst gegenüber loyal.

Der wahre Krieger unterscheidet nicht zwischen Wort und Tat.

Ehrbar zu sein, ist die höchste Tugend, ehrbar bis in den Tod.

Er klingelt. Die Clownstür lacht ihn an. Gedämpfte Stimmen und das Geklapper von Absätzen. Jemand reißt die Tür auf.

„Da bist du ja endlich!"

Jasmin nimmt ihm den Blumenstrauß ab, damit er seine Jacke ausziehen kann. Währenddessen sieht er sich von außen, eine Szene wie aus einem alten Film.

Sie führt ihn in die Küche. Es duftet nach Zwiebeln und Kräutern. Jasmins Mutter lächelt verlegen, als er ihr die Blumen überreicht. Jetzt, da ihre Augen weder gerötet noch verquollen sind, ist die Ähnlichkeit zwischen ihr und Jasmin unübersehbar. Während sie die Blumen auswickelt und in eine Vase stellt, vernimmt er hinter sich Gekicher. Jasmins kleine Schwester steckt ihren Kopf zur Tür herein.

„Wollt ihr heiraten?"

Vor der Rache ihrer Schwester rettet sie sich unter den Küchentisch.

Über die Einladung zum Essen wundert sich Jamal noch immer. Womit er sie verdient hat, wird er wohl nie erfahren, da sich Jasmin in Schweigen hüllt. Möglicherweise hat ihre Mutter eingesehen, dass der Vorwurf, er habe ihre Tochter zu der Drohmail angestiftet, ungerecht war. Womöglich wollen ihre Eltern den überstandenen Arrest feiern, und Jasmin hat auf sein Kommen bestanden. Oder die beiden wollen ihn in Augenschein nehmen, denn offenbar ist es ihrer Tochter mit ihm ernst.

Jamal hört, wie sich jemand hinter ihm räuspert. Jasmins Vater steht in der Tür und reicht ihm wortlos die Hand. Sein Händedruck ist fest, sein Blick freundlich.

Wenig später sitzen sie im Esszimmer an einem langen Tisch, Jamal neben Jasmin, gegenüber ihre Mutter und Schwester. Jasmins Vater hat gekocht. Es gibt eine Minestrone als Vorspeise,

Ossobuco und geschmortes Gemüse als Hauptgang und zum Nachtisch eine Zuppa inglese. Jasmins Vater fordert ihn bei jedem Gang auf, sich nachzunehmen.

„Bin ich froh, dass außer mir endlich mal ein Mann am Tisch sitzt", sagt er. „Frauen reden unentwegt über ihre Figur."

Damit ist das Thema gesetzt. Die Frauen protestieren, während sich Jamal auf die Seite des Vaters schlägt. Nachdem sie sich über Castingshows und Magermodels ausgelassen haben, reden sie über Kochsendungen und landen irgendwann bei Trennkost und Intervallfasten und anderen Diäten, von denen Jamal noch nie im Leben gehört hat.

Als sich *Queenie*, wie Jasmins Schwester in der Familie genannt wird, an der Zuppa inglese verschluckt und die mit Eiercreme getränkten Biskuitkrümel gleichmäßig über die Tischdecke verteilt, ist der gemütliche Teil des Abends vorüber.

„Jeder benimmt sich so gut, wie er kann", brummt der Vater und wirkt dabei weniger verärgert denn amüsiert.

Kurz vor zehn macht sich Jamal auf den Weg. Jasmins Vater verabschiedet sich, wie er ihn begrüßt hat – mit einem kräftigen Händedruck und einem stummen Blick in die Augen. Jasmins Mutter nimmt ihn sogar in den Arm.

Seine Freundin bringt ihn zur Tür.

„Ich mag deine Eltern", sagt Jamal.

„Sie mögen dich auch", antwortet Jasmin und küsst ihn zum Abschied auf den Mund.

Die Nacht ist klar. Der Mond steht hoch über der Stadt. Bevor Jamal das Gartentor aufstößt, sieht er sich noch einmal um. Der Clown lacht.

Töten ist so einfach. Mit einem einzigen Hieb habe ich das Kaninchen zerteilt, ein sauberer Schnitt, sodass es nicht leiden musste. Während Vorder- und Hinterlauf noch zucken, frage ich mich, in welchem Teil sich denn nun seine Seele befindet oder ob die Seele überall ist und ich sie mit meinem Katana womöglich geteilt habe, dann gäbe es nun zwei Seelen des einen Lebewesens, und ich wäre ein bisschen wie Gott.

Endlich fühle ich mich frei von allem.

Endlich bin ich bereit.

„Dem fällt der Sieg zu, der keinen Gedanken hegt und im Nichtbewusstsein des großen Ursprungs weilt."

Nur ein Letztes bleibt noch zu tun:

Dir, die du mir den Weg gewiesen hast, Einblick in meine Gedanken zu gewähren, um dich teilhaben zu lassen an meinem großen Plan. Du hast es verdient. Immerhin hätte sich mein Schicksal ohne deine zwar inhaltsleere, nichtsdestoweniger wirkmächtige Mail womöglich in der Einsamkeit meiner Weltentfremdung verbraucht. Nun sollst du Anteil nehmen an meiner Katharsis. Dein Herz wird dir meine Zeichen deuten ...

Ich gehe grußlos.

Der Einzige, von dem ich hätte Abschied nehmen können, ist tot. Im Jenseits, wenn es denn ein Jenseits gibt, werden sich unsere Seelen vereinen.

Mein Werk wird einzigartig sein. Ohne Vorbild. Ich selbst werde der sein, an dem sich Generationen nach uns ein Beispiel nehmen.

Sieben Zeichen will ich der Welt hinterlassen.

Ein Zeichen für jeden Tag der Woche, an dem ihr euch meiner erinnert.

Schließlich werdet ihr begreifen.

Wer ICH bin.

Und wer ICH war.

EIN MENSCH.

Ende.

Don't push me cause I'm close to the edge
I'm trying not to lose my head

Der Dunst hat sich verzogen, seine Blicke verlieren sich in der glimmenden Dämmerung. Messerscharf zeichnet sich die Frankfurter Skyline gegen den amethystfarbenen Horizont ab. Irgendwo zwischen Henningerturm und Helaba liegt das Holzhausenviertel. Vielleicht steht Jasmin gerade am Fenster und sieht in seine Richtung. Dann müssten sich ihre Blicke auf halber Strecke treffen.

Jamal hat die alten Kopfhörer aufgesetzt. Lalita feiert Geburtstag, und mindestens zwei ihrer fünf Freundinnen finden ihn *total süß*. Zunächst haben sie ihm Zettelchen mit Herzchen und Blümchen unter der Tür durchgeschoben, dann standen sie plötzlich allesamt in seinem Zimmer, um ihn zu fragen, ob er nicht mitspielen wolle – Topfschlagen – ausgerechnet. Nachdem sie endlich wieder draußen waren, hat er sich eingeschlossen, doch in regelmäßigen Abständen klopft irgendeines der Mädchen kichernd an seine Tür, was er jetzt, da ihn die massiven Kopfhörer abschotten, kaum mehr hört.

A child is born with no state of mind
Blind to the ways of mankind

Vorhin hat Jasmin angerufen. Ihre Freundschaft ist gewachsen, zumindest empfindet er das so. Kann es sein, dass man sich erst im Bewusstsein der eigenen Verletzlichkeit auf das Wesentliche besinnt?

It's like a jungle. Sometimes it makes me wonder
How I keep from goin' under

Jamal merkt auf. Von außen dringen Schläge in den Takt seiner Beats. Er nimmt die Kopfhörer ab, jemand hämmert gegen seine Tür. Das geht zu weit. Er schließt auf und reißt die Tür auf.

„Jamaaal!!"

Seine Mutter funkelt ihn an.

„Herrgott im Himmel!" Sie drückt ihm das Telefon in die Hand. „Jasmin. Offenbar ist es dringend!"

Kopfschüttelnd rauscht sie ab. Jamal schließt die Tür.

„Jasmin?"

„Du musst sofort herkommen, da will mich einer ... Jamal? Der ist krank, total krank, der hat ..."

Jasmin flüstert. Ihre Stimme klingt gepresst. Offenbar hat sie Angst, jemand könne sie hören.

„Wo bist du gerade?"

„Ich bin zu Hause."

„Allein?"

„Nein."

„Ich dachte schon ..." Jamal atmet aus. „Was ist passiert?"

„Irgend so ein Psycho, der hat mir eine Mail geschickt mit einem Link zu seinem Online-Tagebuch, das ist ..." Wieder bricht sie ab, einen Moment ist es still, dann spricht sie weiter. „Der hat irgendwas vor, keine Ahnung was, nur, dass er mich für alles verantwortlich macht, weil ich ... weil er ..."

Eine halbe Stunde später sitzen sie gemeinsam vor Jasmins Laptop und blicken auf den Schattenriss eines Samurai. Die Signatur des Tagebuchschreibers blinkt weiß auf schwarz im Schwert des Kriegers.

„Ronin", murmelt Jamal. „Ronin, Ronin, gab's da nicht mal einen Film?"

„Ronin heißt eigentlich *Wellenmann*", erklärt Jasmin, „oder *umherwandernder Mensch*, stand aber in der japanischen Feudal-zeit für herrenlose Samurai, habe ich gelesen, Gesetzlose, die so lange raubten und töteten, bis sie selbst getötet wurden. Der berühmteste Ronin hieß Miyamoto Musashi, der das *Buch der fünf Ringe* verfasst hat, eigentlich ein Werk über Kampfkunst, das Banker aber heutzutage anscheinend zur strategischen Kriegsfüh-rung auf den Kapitalmärkten benutzen."

Jamal scrollt zur ersten Eintragung.

Ich bin. ICH. Ein Mensch. Kein Schoßhund, der dem Stöckchen seines Herrchens hinterherjagt, kein Wellensittich, den man in einen Käfig sperrt und nur unter Aufsicht fliegen lässt ...

Die Worte sind wie Schlieren eines schwarzen Nebels, der all das, was vorher hell und licht war, nach und nach schluckt.

ICH BIN EIN MENSCH!

Jamal scrollt vor. Das Online-Tagebuch des Ronin umfasst dreizehn Eintragungen. Er beginnt zu lesen und hat bald das Gefühl, als ob der Verfasser ihnen mit jedem Kapitel näher und näher käme.

Ein Zeichen setzen. Eines, das die Welt auch versteht.

Offenbar ist der Ronin ein Schüler, so viel wird klar, ein Gym-nasiast wie sie, klug oder doch zumindest gebildet.

Anstalt. Leerkörper. Hohlköpfe. Fettaugen.

Zweifelsohne ist der Tagebuchschreiber ein Einzelgänger. Zudem einer, der auf andere herabsieht, selbst aber nach der Schule am Flughafen Fußböden wischt, ein merkwürdiger Job, und das obwohl sein Vater – *der Alte* – offenbar ziemlich gut ver-dient.

Mein Herzschlag, der Takt meines Lebens.

Meine Bestimmung ...

Jamal liest die vierte Eintragung noch einmal. Wie der Ronin seinen Opa beschreibt, irritiert ihn. Die Zärtlichkeit, die aus seinen Worten spricht, sticht heraus aus seinen hasserfüllten Botschaften.

Was hat es mit der *Braut* seines Vaters auf sich? Ist er verliebt in sie? Oder verachtet er sie?

Die nächste Eintragung versetzt Jamal einen Stich. Der Ronin weiß inzwischen, wer die E-Mail ans hessische Kultusministerium geschickt hat. *Miss Amok* bekommt ein Gesicht, mehr noch, der Tagebuchschreiber stellt sich an ihre Seite, solidarisiert sich mit ihr – gegen ihre Eltern, so liest es sich zumindest im ersten Moment, wobei es ihm im Grunde gar nicht mal um Jasmin geht, sondern um sich selbst, er benutzt sie, er beschmutzt sie, indem er sich gegen ihren Willen mit ihr verbündet.

Wenn schon die Ankündigung eines Amoklaufs ein derartiges Aufsehen erregt, wie groß wäre dann wohl der Ruhm jenes Kriegers, dessen Tat keiner öffentlichen Ankündigung bedarf?

Was will er ihnen damit sagen? Was hat er vor?

Seine Sprache ist das Schwert. Das Schwert gleicht einer Feder. Sieben Mal setzt sie an. Sieben Zeichen lässt sie zurück. Jedes so machtvoll wie der Tod.

Will sich der Tagebuchschreiber nur wichtigmachen, oder plant er tatsächlich eine aufsehenerregende Tat?

Jamal liest immer schneller. Die Gedankenwelt des Unbekannten ist wie ein Labyrinth, das einen jedoch immer wieder zum Ausgang geleitet.

Zwischendurch äußert der Tagebuchschreiber auch Gedanken, die Jamal durchaus vertraut sind.

Leistung, Gehorsam, Konformismus. Alles andere zählt nicht. Die Schwachen werden entsorgt.

Als der Ronin im Krankenhaus und während seines Trainings ausrastet, ist sein Hass in jeder Faser zu spüren.

Was ist ein *Shinai*?

Auch das hat Jasmin bereits nachgeschlagen. „Das *Shinai* ist ein

Trainingsschwert aus Bambus", erklärt sie. „Anscheinend übt sich der Psychopath im Kendo, einer japanischen Schwertkampfkunst."

Jamal fliegt über die Seiten. Als der Opa des Ronin stirbt, trauert er mit ihm.

Wie kann das denn sein, dass man eben noch ein Bewusstsein hat, vielleicht sogar eine Seele, und Sekunden später davon nichts mehr übrig ist?

Wie kann ein Menschenleben einfach so erlöschen?

Ohne den letzten Menschen, dem er sich nah fühlt, scheint ihn nichts mehr zu halten.

„*Seppuku*", hört er Jasmin sagen, als läse sie in seinen Gedanken, „so nannten die Japaner den rituellen Selbstmord eines Samurai. *Bushido* heißt wörtlich *Pfad des Kriegers*, bezeichnet aber auch den Verhaltenskodex der Samurai. *Katana* nennt man das gebogene Schwert eines Samurai."

Erst die Enthauptungsvideos, dann das geschlachtete Kaninchen. Zuletzt löscht der schwarze Nebel auch den letzten Hauch von Licht.

Töten ist so einfach.

Langsam sickert ihm der Nebel ins Herz.

... um dich teilhaben zu lassen an meinem großen Plan.

Warum Jasmin?

Sieben Zeichen will ich der Welt hinterlassen.

Ein Zeichen für jeden Tag der Woche, an dem ihr euch meiner erinnert.

Schließlich werdet ihr begreifen.

„Der ist gestört", murmelt Jamal, „total gestört."

„Sag ich doch."

Er steht auf und tritt ans Fenster. Irgendwo da draußen ... Nach allem, was Jamal in den vergangenen Wochen in Kellerhoffs Unterricht erfahren hat, ist der Ronin geradezu der Prototyp eines Amokläufers.

Mein Werk wird einzigartig sein. Ohne Vorbild.

Ich selbst werde der sein, an dem sich Generationen nach uns ein Beispiel nehmen.

Jamal spürt dem Gefühl nach, das ihn bei diesen Worten ergreift. Die Worte des Ronin klingen wie eine Erwiderung auf Kellerhoffs Unverständnis, dass so viele Amoktäter die *School Shooter* von Columbine imitieren. Zufall? Oder verbirgt sich hinter dem *Ronin* womöglich einer seiner Mitschüler? Vielleicht will er ihnen bloß Angst einjagen? So krank, ein lebendiges Kaninchen zu zerteilen, kann doch keiner sein.

Als Jamal seine Vermutung ausspricht, schüttelt Jasmin energisch den Kopf.

„Kann mir nicht vorstellen, dass sich jemand dafür so viel Mühe macht", sagt sie. „Und außerdem – dazu wirkt das alles viel zu echt. Vor allem das mit dem Opa. Das denkt sich doch niemand aus."

Wenn ihr glaubt, da ist einer, der steht kurz davor, auszurasten, sich selbst oder anderen Leid zuzufügen, dann dürft ihr keine Sekunde zögern, dann müsst ihr euch jemandem anvertrauen ...

„Hast du das deinen Eltern gezeigt?"

Jasmin fährt herum. „Spinnst du? Wenn meine Mutter das liest, dreht sie durch!"

„Ich überlege, ob wir damit besser gleich zur Polizei gehen."

„Bitte nicht", fleht Jasmin, „sonst stehen die sofort bei uns vor der Tür."

Jamal denkt einige Augenblicke nach.

„Okay", erklärt er schließlich, „ich geh morgen früh als Erstes zu Kellerhoff. Der weiß, was zu tun ist."

Donnerstag, 16. April, 7.50 Uhr

Zehn Minuten vor Schulbeginn klopft Jamal an die Tür des Lehrerzimmers. Er wartet. Nichts passiert. Er sieht auf die Uhr, 7.51 Uhr, mit Sicherheit ist die Mehrheit der Lehrer längst da. Er will gerade ein weiteres Mal klopfen, als die Tür aufspringt und Dr. Dr. Mayer vor ihm steht, der ihn mit jenem Ausdruck fixiert, den Jamal so sehr an ihm hasst.

„Was hat er denn so Dringendes? Hat das nicht bis zur Pause Zeit?"

„Nein, hat es nicht", erwidert Jamal. „Ich muss mit Herrn Kellerhoff sprechen. Es ist dringend."

„Nun, da muss er sich bis Montag gedulden." Der Doppeldoc hat die Klinke bereits in der Hand. „Kollege Kellerhoff hat sich heute Morgen krank gemeldet. Einen schönen Tag noch."

Jamal starrt auf das zerkratzte Holz der Tür. Was jetzt? Kann er Kellerhoff daheim anrufen? Oder sollte er lieber gleich zu Vorkötter gehen? Auch der Direktor sollte wissen, was im Falle des Ronin zu tun ist.

Vorkötters Zimmer liegt am Ende des Gangs. Jamal klopft an die Tür des Sekretariats, das dessen Vorzimmer bildet. Frau Tabani blickt an ihrem Bildschirm vorbei.

„Ja?"

„Ist Herr Vorkötter zu sprechen?"

„Direktor Vorkötter ist heute Vormittag außer Haus", antwortet die Sekretärin. „Kann ich dir vielleicht weiterhelfen?"

„Wann kommt er denn wieder?"

„Gegen Mittag."

„Vor oder nach der zweiten Pause?"

„Eher danach."

Frau Tabani wendet sich wieder ihrem Bildschirm zu. Ihre bunt beringten Finger fliegen über die Tasten, als müssten sie die verlorene Zeit nachholen.

Jamal hat keine Ahnung, was er jetzt tun soll. Sich bis Mittag gedulden? Wenn er nur wüsste, wieviel Zeit ihnen bleibt.

Er ist schon aus der Tür raus, als er es sich anders überlegt und zurückkehrt.

„Was ist denn noch?" Frau Tabani runzelt die Stirn. „Musst du nicht zum Unterricht?"

„Ich brauche die Nummer von Herrn Kellerhoff", erwidert Jamal in dem Moment, da die Schulglocke läutet. „Herr Mayer sagt, dass er krank sei. Ich muss ihn aber trotzdem sprechen. Es ist wirklich dringend."

„Tut mir leid." Die Sekretärin schüttelt den Kopf. „Die Privatnummern unserer Lehrkräfte dürfen wir nicht herausgeben."

„Herr Kellerhoff ist anders", insistiert Jamal. „Er wird das verstehen. Glauben Sie mir, es ist wirklich wichtig."

Frau Tabani sieht ihn forschend an. Offenbar glaubt sie ihm. Jedenfalls deutet sie mit dem Kopf zum Tresen. „Sieh selbst nach", sagt sie. „Das Telefonbuch ist im unterste Fach."

Zum Glück gibt es nur einen Kellerhoff. Jamal schreibt sich die Nummer auf seinen Arm.

„Danke!", ruft er und stürmt los. Gleich nach der ersten Stunde wird er ihn anrufen.

Donnerstag, 16. April, 8.46 Uhr

„Kellerhoff."

Die Stimme einer Frau.

„Ist Herr Kellerhoff zu sprechen?" Jamal räuspert sich. „Ich bin einer seiner Schüler. Es ist wirklich wichtig."

„Tut mir leid", entgegnet die Frau. „Aber mein Mann schläft. Es geht ihm nicht gut. Kann dir denn keiner der anderen Lehrer helfen?"

„Leider nein."

Jamal wirft einen hastigen Blick auf seine Uhr. Noch drei Minuten bis zur nächsten Stunde. Er denkt einen Moment nach. Dann trifft er eine Entscheidung.

„Es geht um einen möglichen Amoklauf", sagt er. „Ihr Mann hat uns gesagt, dass wir, wenn wir glauben, einer unserer Mitschüler ..."

„Melde dich in einer Stunde noch mal", unterbricht ihn Kellerhoffs Frau. „Ich sag ihm, dass du angerufen hast. Wie war noch mal dein Name?"

„Jamal."

Donnerstag, 16. April, 9.37 Uhr

„Kellerhoff."

Die Stimme seines Deutschlehrers klingt flacher als sonst.

„Ich bin's, Jamal. Tut mir leid, dass ich Sie störe, aber ..."

„Schon gut", unterbricht ihn Kellerhoff. „Meine Frau sagt, du hättest Hinweise darauf, dass einer einen Amoklauf plant?"

„Stimmt."

Jamal erzählt ihm von der E-Mail an Jasmin und dem Internet-Tagebuch des Ronin, den Andeutungen, den Gewaltvideos, der Zerstückelung des Kaninchens bei lebendigem Leib."

„Okay." Kellerhoff hat genug gehört. „Das muss ich mir selbst ansehen. Schickst du mir den Link?"

Jamal greift in seine Hosentasche. „Verdammt!" Er hat den Ausdruck mit der Adresse des Online-Tagebuchs in seinem Rucksack vergessen, und der steht im Klassenzimmer.

„Macht nichts", beruhigt ihn Kellerhoff. „Ruf mich einfach in einer Stunde noch einmal an?"

„In fünf Minuten."

Jamal spurtet los. Auf dem Schulhof weicht er spielenden Unterstufenschülern aus, umkurvt eine Gruppe von Abiturienten, rennt fast die kleine Leonie um, die sich ihm lachend in den Weg stellt, streift Arthur, der ihm irgendetwas hinterherruft, hastet ins Schulgebäude, die Treppe hoch, den Flur entlang, reißt die Tür zu seinem Klassenzimmer auf, flitzt an den ersten Pulten vorbei nach hinten zu seinem Platz und –

Sein Herz setzt aus, als eine Armlänge von ihm entfernt eine Gestalt aus dem Boden wächst. Beck. Beide starren sich an.

„Was machst du denn hier?", schnaubt Jamal.

„Das könnte ich dich ebenso gut fragen", entgegnet Beck.

„Nur dass ich mich nicht verstecke!"

„Ich auch nicht. Hab was gesucht. Was geht dich das überhaupt an?"

Becks Gesicht ist scharlachrot angelaufen. Gesenkten Blickes schiebt er sich an Jamal vorbei und sucht das Weite.

Jamal holt den Zettel aus seinem Rucksack, wartet, bis Becks Schritte verklingen, und wählt Kellerhoffs Nummer.

„Haben Sie was zu schreiben? Okay, die Adresse lautet http, Doppelpunkt, Doppelslash, Ronin, Punkt, Diarylife in einem Wort, Punkt, de."

„Hab ich." Kellerhoff wirkt mit einem Mal hellwach. „Gib mir noch deine Nummer. Ich melde mich bei dir. Spätestens heute Abend."

Nachdem Jamal aufgelegt hat, starrt er einige Sekunden ins Nichts. Er vertraut Kellerhoff, aber was wird er jetzt tun? Jamal kann sich nicht vorstellen, dass die Stadt erneut Gymnasien schließen wird. Kann die Polizei anhand der IP-Adresse den Ronin ermitteln? Was, wenn er schon morgen zuschlägt?

So nah ist der Ronin, sein Ziel fest im Blick.

Niemand sieht ihn, niemand hört ihn, niemand spürt seine Nähe.

Wer sein Antlitz erblickt, ist einen Wimpernschlag vom Jenseits entfernt.

„Und? Was sagt er? Hat er einen Plan?"

Im Platanenhof steht die Zeit still. Geduldig harren die knorrigen Bäume in der Hitze aus, schweigen, hören den Menschen, die in ihrem Schatten Schutz suchen, zu.

„Er sagt, er kümmert sich drum."

„Was hat er denn vor? Will er zur Polizei gehen?"

„Das hat er nicht gesagt. Er ist zu Hause, weil er krank ist. Er will aber ..."

„Krank? Aber wie will er sich denn dann darum kümmern?"

Jasmins Stimme zittert. In ihrem Blick nistet die Angst. Jamal nimmt sie in den Arm.

„Dass Kellerhoff krank ist, könnte sogar von Vorteil sein", sagt er ruhig. „Daheim hat er schließlich mehr Zeit als in der Schule. Er will sich das Tagebuch anschauen und sich spätestens heute Abend bei mir melden."

„Sicher?"

„Auf Kellerhoff ist Verlass."

Jasmin schmiegt sich an ihn. Sie fühlt sich heiß an.

„Ich bin schuld", flüstert sie. „Stell dir vor, er bringt jemanden um."

„Nicht." Jamal drückt sie fester an sich. „Das will er doch nur! Er sucht Verbündete, für seinen Frust, für seinen Weltschmerz und seine abartigen Fantasien. Das hat überhaupt nichts mit dir zu tun. Wenn es dich nicht gäbe, gäbe es jemand anderen. Der ist krank. Der hat ein Au im Kopf."

Jasmin muss lachen. „Ja, aber ein Riesen-Au."

Einige Minuten schweigen sie, sperren die Welt aus, spüren den Puls des anderen wie den Takt ihres gemeinsamen Lebens.

Als es Zeit wird, trennen sie sich.

„Ich ruf dich an", sagt Jamal. „Sobald sich Kellerhoff bei mir gemeldet hat. Oder früher. Wie wär's mit heut Nachmittag? Nein warte. Nach der letzten Stunde. Ach, was soll's, am besten ruf ich dich gleich an ... ich meine, ich könnte ..."

Jasmin lacht und rennt los.

Donnerstag, 16. April, 16.59 Uhr

Als sein Smartphone klingelt, weiß er gleich, wer es ist.

„Gerade war die Polizei bei uns", berichtet Jasmin außer Atem. „Sie haben mich über den Ronin ausgefragt und am Ende meinen Laptop mitgenommen." Sie holt Luft. „Du kannst dir nicht vorstellen, was hier los ist! Meine Mutter ist schon wieder kurz vorm Infarkt. Ich bin ja auch so blöd! Warum hab ich ihr nichts erzählt? Schließlich hätte ich wissen müssen, dass die mich gleich mit verdächtigen. Natürlich steckt *Miss Amok* mit dem Ronin unter einer Decke! *Miss Amok* braucht den Hype. Sie ist geradezu süchtig nach Aufmerksamkeit ..."

Es dauert eine Weile, bis sich Jasmin wieder beruhigt hat. Während Jamal noch auf sie einredet, klopft ein anderer Anrufer an. Er blickt aufs Display – Kellerhoff.

Donnerstag, 16. April, 17.11 Uhr

„Schlechte Nachrichten. Die Polizei hält das Tagebuch für authentisch und den Verfasser für gefährlich." Kellerhoffs Stimme vibriert. „Die Schule deiner Freundin bleibt morgen geschlossen", fährt er fort. „Die Polizei vermutet den Täter in ihrem näheren Umfeld. Sie geht zudem davon aus, dass seine Tat, sollte er wirklich ernst machen, unmittelbar bevorsteht. Mit Hilfe des Online-Tagebuchs und seiner E-Mail-Adresse hofft man, ihm rechtzeitig auf die Spur zu kommen. Zudem sollen Schüler und Lehrer befragt werden. Viel mehr können sie im Augenblick wohl nicht tun. Lass uns hoffen, dass der Kerl geschnappt wird, bevor er sich oder anderen schadet."

Donnerstag, 16. April, 21.50 Uhr

Vorhin ist Jasmins Mutter im Zimmer gewesen. Sie hat zwar nichts gesagt, trotzdem haben beide verstanden, dass es für Jamal Zeit wird zu gehen.

Er hockt hinter ihr auf dem Sofa, atmet in ihr rotbraunes Haar, das in Wellen über ihre Schultern fällt, und streichelt ihren Hals. Ihre Haut fühlt sich noch immer heiß an.

„Mach dir nicht so viele Gedanken", wiederholt er. „Ich weiß nicht, aber irgendetwas sagt mir, dass du den Ronin gar nicht kennst."

„Aber was soll das denn heißen: *Dein Herz wird dir meine Zeichen deuten*? Die Polizei glaubt doch auch, dass wir uns nahestehen. Oder irgendwann einmal nahestanden."

„Der will sich doch bloß wichtigmachen."

Auch Jamal weiß nicht mehr weiter. Seit Stunden schon drehen sie sich im Kreis.

„Was soll ich denn jetzt tun?"

„Versuch einfach, abzuschalten." Verdammt, wie lahm das klingt. „Die Polizei ist ihm sicher längst auf den Fersen. Anhaltspunkte haben sie schließlich genug. Er trainiert japanischen Schwertkampf, ist in irgendeinem Verein, von denen es nicht allzu viele geben dürfte, er hat keine Mutter mehr, sein Vater ist offenbar Banker, sein Opa vor Kurzem gestorben, er geht aufs Gymnasium, jobbt am Flughafen, ist ein Einzelgänger und überdurchschnittlich intelligent."

„Und überdurchschnittlich krank."

„Außerdem hat er im Internet Spuren hinterlassen", erklärt

Jamal. „Wahrscheinlich brechen die Bullen gerade seine Tür auf."

„Und wenn nicht?"

Freitag, 17. April, 1.40 Uhr

Jamal starrt auf die Wand gegenüber. Das Poster mit dem Konterfei Jean-Paul Sartres hat ihm sein Vater geschenkt. Wegen des Spruchs, hat er ihm gesagt, der ihn selbst einst geleitet habe.

Die Jugend will, dass man ihr befiehlt,
damit sie die Möglichkeit hat, nicht zu gehorchen.

Das Fenster steht offen. Es ist Vollmond. Jamal liegt schon seit Stunden wach. Nicht das Mondlicht hindert ihn am Einschlafen, es sind die wirren Gedanken in seinem Hirn.

Er hat Jasmin angelogen. Tatsächlich vermutet auch er, dass der *Ronin* sie kennt. Dass er sie nicht bloß aufgrund ihrer *leeren Drohung* zu seiner Vertrauten erwählt hat, sondern weil sie ihm in irgendeiner Weise nah ist.

Dein Herz wird dir meine Zeichen deuten.

Der Typ ist wahnsinnig! Wie krank muss jemand sein, der Tiere zerstückelt und sich an Hinrichtungsvideos weidet!

Und doch ... Wieder und wieder hat Jamal das Tagebuch des Ronin gelesen, und mit jedem Mal meinte er ihn besser zu verstehen. Tatsächlich fühlte es sich manchmal an, wie wenn man nachts in ein fremdes Fenster sieht und darin einen weinenden Menschen erblickt.

Ein Virus geht um, das sich in den Hirnen der Ernstgucker festsetzt und ihre Synapsen zerfrisst!

Jamal schließt die Augen und dreht sich auf die Seite. Seine Gedanken kreisen weiter, Bilder wirbeln durch seinen Kopf. Die

Gefahr ist gebannt, redet er sich ein, immerhin ist die Polizei dem Ronin nun auf der Spur, und selbst wenn sie ihn heute nicht schnappt oder morgen, wird er sich wohl kaum aus der Deckung wagen, denn so dumm ist er nicht.

Sieben Zeichen will ich der Welt hinterlassen.

Unvermittelt paust sich ein Bild in die Nacht. Der Schattenkrieger neulich im Park! Sah er nicht aus, als hielte er einen Kiel in der Hand? Jamal hält die Luft an. Einen Federkiel, mit dem er unsichtbare Zeichen in die Luft malte.

Freitag, 17. April, 7.00 Uhr

Als Dietmar Klausen nach dem Frühstück zu seinem allmorgendlichen Kontrollgang aufbricht, ist es himmlisch still im Gebäude. Er genießt diese frühe Stunde, in der er sein Reich kurz vor dem Sturm ein letztes Mal durchstreift. Eine kostbare Viertelstunde lang ist die Villa, wie er die altehrwürdige Schule nennt, sein. Ohne die Schüler, die ihm später den Blick aufs Ganze verstellen werden, entgeht ihm nichts: weder die Delle in der Tür, an der wieder einer der älteren Schüler sein Mütchen kühlen musste, noch der Schokoriegel, der einem der Fünft- oder Sechstklässler auf dem Weg hinaus aus der Tasche gefallen sein muss, noch der Aufkleber mit der wüsten Parole. Sie sind halt so, seine Schüler, damit muss man sich abfinden, sonst ärgert man sich jeden Tag.

Klausen zieht die Luft durch seine Nase. An Tagen wie diesem riecht es im Gebäude nach Weihrauch. Ja doch, wie in einer Kirche, denkt er nicht zum ersten Mal. Es ist das alte Gemäuer, die schweren Rotsandsteinquader, in denen die Feuchtigkeit nistet, die der Stein zum Morgen hin ausdünstet.

Der Eindruck, durch ein Gotteshaus zu schreiten, verstärkt sich noch durch den Hall seiner Schritte. Klausen lauscht ihnen nach. Er ist froh, dass der ganze Quatsch endlich vorbei ist.

Taschen durchsuchen und Schüler abtasten, das ist nicht sein Ding. Und diese Wichtigtuer von der Polizei, die ihm meinen, sagen zu können, wo's lang geht. Die sollen erst einmal vor ihrer eigenen Haustür kehren, bevor sie ihm erklären, wie er den Besen zu halten hat!

Nein, ihm kann keiner etwas vormachen. Er hat schon vier Direktoren durch die heiligen Hallen geleitet, von denen drei wieder ausziehen mussten, während er, der Hüter der Villa, noch immer da ist. Ohne ihn läuft hier nichts. Er kontrolliert, inspiziert, repariert, setzt instand, tauscht aus, schraubt an, erneuert, entsorgt, leitet die Reinigungskräfte an und hat bei all dem stets ein offenes Ohr für die Nöte der Schüler und Lehrer. Sein Wahlspruch lautet „Unmögliches wird sofort erledigt." Und daran hält er sich auch.

Inzwischen hat sich Dietmar Klausen vom obersten Stock bis zum Erdgeschoss vorgearbeitet. Er sieht auf die Uhr. 7.15 Uhr. In einer viertel Stunde werden die ersten Schüler eintrudeln. Die, die von auswärts kommen, und die, die es daheim kaum mehr aushalten. Ihm muss keiner was erzählen. Er weiß, wie es da draußen aussieht. Kein Kind kommt gestört auf die Welt. Derart hemmungslos. Da gehört schon etwas dazu, da sind die Eltern nicht unschuldig – und auch so mancher Lehrer, der sein Programm abspult, als ob es um Fließbandarbeit ginge und nicht um Menschen, heranwachsende zumal, die geformt und geleitet werden müssen, damit aus ihnen später mal was wird.

Klausen erschrickt, als er eine Tür schlagen hört. Irgendwo im Ostflügel, wahrscheinlich bei den Toiletten. Er leckt sich über die Lippen. Fährt durch sein lichtes Haar. Sieht noch einmal auf die Uhr. 7.16 Uhr. Um diese Zeit dürften die Schüler das Gebäude noch gar nicht betreten. Aber vielleicht musste ja einer ganz dringend, kein Grund, ihm so früh einen Einlauf zu verpassen, der trollt sich schon wieder.

Später wird sich Dietmar Klausen wieder und wieder fragen, ob er an diesem Morgen nicht doch hätte nachsehen müssen, wer sich in den Toiletten herumtrieb, monatelang wird er sich vorwerfen, dass er das Unheil womöglich hätte verhindern können, wenn er den Amokläufer gestellt und bis zum Eintreffen der Polizei festgehalten hätte, selbst wenn er dabei sein Leben riskiert hätte – es wäre seine Aufgabe gewesen, seine Verantwortung, schließlich ist er der Hüter der Villa!

Freitag, 17. April, 7.10 Uhr

Wie an jedem Morgen um diese Zeit lässt Maria Petrenko die elektrischen Rollläden in ihrem Wohnzimmer hochfahren. Sie wohnt im Parterre, und in einer Stadt wie Frankfurt macht man nachts am besten alle Schotten dicht, liest man doch immer wieder darüber, dass die Diebesbanden vor nichts haltmachen und selbst in Wohnungen einsteigen, in denen es nichts zu holen gibt, und dann aus lauter Frust die Einrichtung demolieren oder, schlimmer noch, ihre Wut an den wehrlosen Mietern auslassen.

Maria Petrenko ist doppelt wehrlos. Sie ist nicht nur alt, sondern seit ihrem Treppensturz im letzten Jahr auch auf den Rollstuhl angewiesen. Ihren Alltag bewältigt sie trotzdem weitgehend allein. Das ist ihr wichtig. Sie hat Anspruch auf eine Haushaltshilfe, aber diese Unterstützung nimmt sie nur an, wenn es gar nicht anders geht. Je seltener Fremde in ihre Wohnung kommen, desto besser. Womöglich hat sich die Pflegehilfe in die Leiharbeitsfirma nur eingeschlichen, um sie auszuspionieren, ob es sich lohnt, bei ihr einzubrechen, und sie nicht doch irgendwo Schmuck oder, besser noch, Bares versteckt.

Wie an jedem Morgen um diese Zeit sitzt Maria Petrenko in ihrem Rollstuhl am Fenster und blickt auf die Straße und die noch friedlich schlummernde Schule. Es ist die schönste Zeit des

Tages: Das warme Licht, die ungewohnte Ruhe und die heitere Klarheit des Morgens empfindet die Rentnerin wie ein Versprechen, welches der Tag zwar nicht einlösen wird, das jedoch die Fantasie beflügelt und die Erinnerung verklärt.

Maria Petrenkos Beine mögen ihr den Dienst versagen, auf ihre Augen dagegen ist auch mit 82 Jahren noch Verlass. Daher erkennt sie den schlaksigen Kerl, der in diesem Moment um die Ecke biegt, auf Anhieb. Einigen Schülern, die sie in den großen Pausen beobachtet, hat sie Namen gegeben. Diesen nennt sie den *Philosophen*. Die meiste Zeit schlendert er allein über den Schulhof, meist in ein Buch vertieft, oft mit dicken Kopfhörern an den Ohren, die viel zu groß sind für sein schmales Gesicht. Sein Gang ist gebeugt, als schleppe er eine Last, die zu schwer ist für seine schmalen Schultern. Sein Gesicht kann sie auf diese Entfernung nicht erkennen; doch Maria Petrenko ist sich sicher, dass sich auch heute kein Lächeln darin verirrt.

Was sie stutzig macht an diesem Morgen, ist die Tatsache, dass der *Philosoph* schon so früh unterwegs ist. Normalerweise kommt er als einer der Letzten. Er taucht auf, wenn die Schulglocke zu läuten beginnt, mitunter sogar etwas später. Außerdem trägt er heute eine große Tasche bei sich, in die ein Set Golfschläger passen würde. Maria Petrenko hat, als ihr Mann noch lebte, selbst einige Jahre Golf gespielt, aber in dieser Ecke von Frankfurt gibt es weit und breit keine Anlage.

Ihre Blicke folgen dem *Philosophen* bis zum Parkplatz, wo er stehenbleibt und sich einige Momente umsieht. Die Straße ist weiterhin menschenleer. Von fern hört man den Nachklang eines Martinshorns. Jetzt überquert er den Schulhof. Sein Gang ist verändert, denkt Maria Petrenko, er wirkt entschlossen, nicht so zögerlich wie sonst, seine ganze Haltung wirkt so, als ob ihm ein freudiges Ereignis bevorstünde. Vor der Freitreppe bleibt er erneut stehen. Dreht sich einmal um die eigene Achse. Dann läuft er die

Stufen hoch, drückt die Pforte auf und ist im nächsten Augenblick verschwunden.

Im Nachhinein wird sich Maria Petrenko häufig an diese Szene erinnern. Wieder und wieder wird ihr Gedächtnis die Details zusammenklauben, damit daraus ein Film wird, der in einem Standbild endet: der Junge, der am Fuß der Treppe steht und in ihre Richtung blickt. Als ob er darauf hoffte, dass sie ihn zu sich winkte und ihn davon abhielte zu tun, was zu tun ihm eine innere Stimme befahl. Ein ums andere Mal wird sich Maria Petrenko fragen, was sie hätte tun können oder sollen oder müssen, um die Katastrophe zu verhindern. Wie sie ihn hätte aufhalten können, ob sie ihrer Ahnung wegen, so vage diese auch war, nicht doch die Schule oder besser noch die Polizei hätte informieren müssen. So früh wäre noch Zeit gewesen zu reagieren. Die Schreie der Kinder kamen erst später ...

Freitag, 17. April, 7.25 Uhr

Der Parkplatz vor dem Böll-Gymnasium ist noch leer an diesem frühen Morgen. Erika Tabani beschreibt mit ihrem Golf eine große Kurve, um rückwärts in jene Bucht zu stoßen, die gegenüber der Ausfahrt liegt. Das macht es ihr nachmittags leichter, sich zwischen den Wildparkern wieder hinauszuschlängeln. Einige der älteren Schüler und leider auch manch Lehrer oder Referendar stellen sich mitunter so rücksichtslos hin, dass man sein Auto schon millimetergenau rangieren muss, um den Parkplatz unbeschadet zu verlassen.

Die Sekretärin wirft einen letzten prüfenden Blick in den Spiegel, zieht den Schlüssel ab, schnappt sich ihre Tasche, steigt aus und schließt ab. Über Nacht hat es sich in der Stadt kaum abgekühlt. Zum Glück verfügt ihr Golf über eine Klimaanlage, sonst wäre ihre Bluse noch vor Beginn der Schule durchnässt.

Erika Tabani geht die wenigen Meter vom Parkplatz zum Gebäude und ist froh, als sie in die kühle Vorhalle taucht. Ihr Büro liegt zur Südseite hin. Sie wird die Jalousie herunterlassen, damit sich der Raum nicht sofort wieder aufheizt. Für eine Klimaanlage sei kein Geld da, sagt ihr Chef. Immerhin begnügt auch er sich mit einem Ventilator. Das muss man Direktor Vorkötter lassen, der brät sich keine Extrawurst wie seine Vorgängerin, der sie jeden Morgen einen Pfirsichblütentee kochen musste.

Seitdem die *Direktrice* gegangen wurde, empfindet Erika Tabani wieder Freude an ihrem Job. Auch wenn sie manchmal Angst davor hat, dass ihr die administrativen Aufgaben über den Kopf wachsen. Vor allem in letzter Zeit hat sie den Druck gespürt. Denn infolge der Amokdrohung ist manches liegengeblieben, vor allem wegen der Anrufe besorgter Eltern und den Interviewwünschen der Journalisten.

Als sie die Treppe hochgeht, schnuppert sie den Geruch eines aufdringlichen Deodorants oder Eau de Toilette, so eines, das auch ihr Sohn bevorzugt und das besonders unangenehm riecht, wenn sich männlicher Schweiß darin mischt. Der Geruch begleitet sie bis in den zweiten Stock. Da um diese Zeit außer ihr nur der Hausmeister anwesend ist und Dietmar Klausen ganz sicher kein Deodorant wie dieses benutzt, schlussfolgert sie, dass sich entweder ein Schüler ins Gebäude geschlichen hat oder ein neuer, übereifriger Referendar an diesem Morgen seinen Dienst im Heinrich-Böll-Gymnasium antritt.

Daher schlägt Erika Tabani nicht wie gewohnt den direkten Weg zum Sekretariat ein, sondern sieht zuvor im Lehrerzimmer nach, ob schon jemand da ist. Tatsächlich brennt Licht, doch der große Raum ist leer. Sie stutzt, als sie plötzlich einen weiteren fremden Geruch wittert, ein Geruch wie von – Farbe?

Als sie sich umdreht, fährt ihr der Schreck in die Glieder. Da hat tatsächlich jemand schwarze Striche an die Wand gepinselt!

Fassungslos tritt sie einige Schritte zurück. Das sieht aus wie ein Zeichen, wie eines dieser chinesischen oder japanischen Schriftzeichen, die sich die jungen Leute auf die Haut tätowieren lassen. Sie geht näher heran. Die Farbe scheint noch feucht zu sein. Wer wagt sich denn so was? Ausgerechnet im Lehrerzimmer!

Jäh fallen ihr die anstehenden Abiturprüfungen ein. Hat sich da etwa einer der älteren Schüler einen verfrühten Streich erlaubt? Aber das können die doch nicht bringen! Darüber wird niemand lachen. Am wenigsten der Direktor!

An der Tür dreht sie sich noch einmal um. Von weitem betrachtet, sieht das Zeichen gar nicht mal so schlecht aus. Wie eine dieser Kalligrafien, die als Wand-Tattoos gerade angesagt sind. Dennoch ... Das geht doch nicht! Das hier ist doch kein Kaminzimmer.

Erika Tabani ist schon auf dem Flur, als sie noch einmal zurückgeht. War das nicht eben ... Tatsächlich, im Waschbecken liegt ein achtlos hineingeworfener Pinsel, und unter dem Ausguss steht noch der kleine Farbtopf. Ist der Übeltäter womöglich noch in der Nähe?

Die Sekretärin zieht ihr Smartphone aus der Tasche und ruft im Verzeichnis die Nummer des Hausmeisters auf.

„Ja, hier Tabani, guten Morgen, Frau Klausen. Ist ihr Mann in der Nähe? Ach so, klar, verstehe. Gut, dann versuche ich es auf seinem Handy. Hören Sie – ich bin gerade im Lehrerzimmer, wenn Sie ihn sprechen, sagen Sie ihm doch bitte, dass er mal dort vorbeischaut. Das sollte er sich unbedingt mit eigenen Augen ansehen."

Freitag, 17. April, 7.32 Uhr

Noch bevor der Bus am Böll-Gymnasium hält, schwindet Nickis Hoffnung, dass ihn einer seiner Freunde an diesem besonderen

126

Tag erwartet. Der Schulhof ist verwaist, und auch auf den Zufahrtstraßen weit und breit niemand zu sehen. Dabei hat er sich so gewünscht, dass er an diesem Morgen nicht wie sonst auch der Erste ist, schließlich hat er Geburtstag, und wie sieht das denn aus, wenn man an seinem Geburtstag allein auf der Mauer hockt und auf Glückwünsche wartet?

Unentschlossen schlendert Nicki über den Hof. Auf dem Parkplatz steht ein einsames Auto. Er sieht auf die Uhr. Drei Minuten nach halb. Noch nicht einmal einer der Großen ist da, die doch sonst schon frühmorgens an der Mauer lehnen und ihre Selbstgedrehten paffen. Als ob sich alle gegen ihn verschworen hätten. Ausgerechnet heute. An seinem zwölften Geburtstag.

Und jetzt muss er auch noch. Dabei ist niemand da, den er fragen könnte, ob er auch darf. Vor Beginn des Unterrichts ist es ihnen verboten, das Schulgebäude zu betreten. Aber wenn man doch muss?

Dreimal schleicht Nicki am Hauptportal vorbei, bevor er sich ein Herz fasst, die Stufen hochhuscht und durch das angelehnte Portal ins Innere schlüpft. Stille empfängt ihn. Auf leisen Sohlen flitzt er die Treppe hinunter in den Keller. Vor den Toilettenräumen dringt ihm der scharfe Geruch von Desinfektionsmitteln in die Nase. Als er den weiß gekachelten Raum betritt, stutzt er. Die ihm nächste Tür ist abgeschlossen. Er bückt sich, wirft einen Blick unter die Tür. Entweder der Typ steht auf der Schüssel, oder es ist gar keiner drin. Nicki horcht. Nichts zu hören. Und wenn doch einer drin hockt und die Luft anhält?

Nickis Neugier ist größer als sein Drang. Kurzentschlossen steigt er in der Kabine nebenan aufs Klo, zieht sich an der Trennwand hoch und späht hinüber. Das stille Örtchen ist zwar unbesetzt, doch auf der Kloschüssel steht eine große schwarze Tasche, aus der eine abgewetzte Jeans lugt. Sieht fast so aus, als ob sich jemand hier umgezogen hätte. Nur wozu? Und wieso ist abgeschlossen? Und wie ist der, dem die Tasche gehört, ohne aufzuschließen wieder rausgekommen?

Unentschlossen verharrt Nicki vor dem Spiegel und betrachtet sein pickeliges Gesicht. Eigentlich kann der Typ nur über die Wand gestiegen oder untendurch gekrochen sein, was nur einer Knochenschleuder wie Ben gelänge.

Ben?

Augenblicklich steigt Nickis Laune. Kann es sein, dass seine Freunde doch schon da sind und sich irgendwo verstecken? Vielleicht hat Mike seine Freddy-Krüger-Maske aufgesetzt und Ben macht den Henker. Hauptsache, sie blamieren ihn nicht. Nicht vor den Mädchen.

Nicki verlässt die Toilettenräume, huscht nach oben und schleicht die Gänge entlang. Zum Glück begegnet ihm niemand, vor allem nicht der Hausmeister. Schon ist er wieder draußen. Inzwischen sind einige Schüler da. Nicki hält Ausschau nach irgendwem, den er kennt. Niemand, hätte ihn auch gewundert. Am Tor hält ein Auto. Ist das nicht …? Ben und sein Bruder steigen aus. Zum Glück spart sich Ben den Henker. Und seinen Geburtstag hat er auch vergessen. Egal.

Nicki erzählt ihm von der verschlossenen Kabine und der Tasche und der abgewetzten Jeans.

„Bestimmt ein Plastikgangster." Ben schielt ihn an. „Wenn Kotze den erwischt, gibt's Dong."

Mit *Kotze* ist Vorkötter gemeint, von dem der *Plastikgangster* jedoch zumindest heute nichts zu befürchten hat, wie Nicki Ben erklärt, da der Direktor des Böll-Gymnasiums am Vormittag im Rathaus sein wird, um mit anderen Frankfurter Schulleitern über Maßnahmen zur Gewaltprävention zu beraten. Das weiß Nicki von seinem Vater, der als Bildungsdezernent im Frankfurter Magistrat zu dem Treffen eingeladen hat.

„Irgendwer wird's ihm schon stecken", sagt Ben.

„Ich jedenfalls nicht", erwidert Nicki. „Nachher bin ich die Bratze – toller Geburtstag!"

Freitag, 17. April, 7.40 Uhr

„Holst du mich heute Nachmittag ab?"

„Wenn du bei mir übernachtest."

„Vergiss es!"

„Hast du nicht gesagt, dass mich deine Eltern endlich ins Herz geschlossen haben?"

„So weit geht ihre Liebe dann doch nicht."

„Okay, dann schlaf ich eben bei dir."

„Spinner!"

„Was? Wie bitte? Meine Zahnbürste … bring ich natürlich … Ich … Ich versteh dich nur noch ganz schlecht … die Verbindung … ich … hallo? … ich hör nicht … ich … kann … dich nicht …"

Grinsend drückt Jamal das Gespräch weg. Kurz darauf stoppt die Straßenbahn. Er steigt aus. Eilig hat er es nicht. Und wenn er heute Nacht tatsächlich zu ihr ginge? Er könnte die Tanne hinter dem Haus hochklettern und über den Balkon in ihr Zimmer …

Als das Böll-Gymnasium vor ihm auftaucht, grinst er nicht mehr. Schlagartig ist ihm eingefallen, was ihn in den ersten beiden Stunden erwartet. Chemie bei Dombrowski. Die Elemente kennen nur Isotope, Neutronen und Protonen und *Dumbo*, wie ihr Lehrer allseits genannt wird, weder Witz noch Humor.

Freitag, 17. April, 7.59 Uhr

„Ja, ich sag's ihm. Ich denke, gegen elf, vielleicht halb zwölf. Keine Sorge, ich schreib ihm einen Zettel. Ja, wird erledigt. Danke, Ihnen auch."

Erika Tabani legt auf. Manchmal hat sie den Eindruck, dass gerade dann, wenn Direktor Vorkötter nicht im Haus ist, die meisten Anrufe für ihn eingehen.

Sie nippt an ihrem Kaffee und macht sich eine Notiz. In diesem Augenblick läutet es zum Unterricht. Von draußen dringt das Geschrei und Gejauchze der ins Gebäude strebenden Schüler an ihr Ohr. Ihr Zimmer liegt direkt über dem Eingang. Erneut fragt sie sich, warum gerade der Schulbeginn bei den jüngeren Schülern derartige Emotionen freisetzt. Als ob sie sich geradezu auf den Unterricht freuten!

Erika Tabani öffnet die Tür zu Direktor Vorkötters Zimmer, um ihm ihre Gesprächsnotiz auf den Schreibtisch zu legen. Ihr Herz setzt aus, als aus dem Nichts plötzlich eine schwarze Gestalt vor ihr auftaucht. Der Mann trägt eine dunkle Haube, ein schwarzes Shirt und einen schwarzen Rock. Über seiner Schulter ragt der Griff eines Schwerts, das er sich offenbar auf den Rücken geschnallt hat. Regungslos sieht er sie an. Erika Tabani will schreien, aber ihre Kehle ist wie zugeschnürt. Starr vor Angst sieht sie zu, wie die Gestalt ohne Hast sein Schwert aus der Scheide zieht und in die Luft hält. Das Schwert ist schmal und gebogen, und die Klinge glänzt im goldenen Licht der tief stehenden Sonne beinahe wie Gold. Die Gestalt sieht sie an, als wartete sie auf eine Reaktion von ihr, die wie gelähmt ist vor Angst, die stumm und entsetzt verfolgt, wie die Gestalt versonnen über die Klinge streicht, sich beide Hände um den Griff legen, wie das Schwert hinaufschwingt, eine Sekunde lang in der Luft schwebt und in der nächsten auf sie herabfährt …

Freitag, 17. April, 8.07 Uhr

Leonie hat getrödelt und darüber die U-Bahn verpasst. Die nächste kam mit fünf Minuten Verspätung, weshalb sie den

Anschluss versäumt hat und nun viel zu spät dran ist. Da nützt es auch nichts, dass sie den ganzen Weg von der Haltestelle bis zur Schule rennt. Schon von weitem sieht sie, dass der Schulhof leer ist, der Unterricht also längst begonnen hat.

Japsend erreicht sie den Haupteingang, flitzt die Freitreppe hoch und ... Die Pforte – sie ist verschlossen! Leonie versucht es erneut. Das gibt es doch gar nicht! Sie rüttelt, aber die schwere Tür lässt sich nur einen Spalt breit öffnen.

„Verschwinde!", zischt plötzlich jemand von drinnen.

Leonie erschrickt. Sie späht durch den Spalt, kann aber nichts erkennen.

„Wer bist du? Was soll das?"

Sie rüttelt an der Tür. Wie vorhin vernimmt sie ein merkwürdige Klirren, das wie das Rasseln einer Kette klingt.

„Lass mich sofort rein!"

„Hörst du nicht – verschwinde!"

Es ist der unheimliche Klang seiner Stimme, der Leonie gehorchen lässt. Rückwärts stolpert sie die Treppe herunter, die Augen starr aufs Portal gerichtet, als könne sich dieses jeden Moment öffnen. Unten dreht sie sich um und rennt so schnell sie kann zum Parkplatz. Sie bückt sich hinter ein Auto, fischt ihr Handy aus ihrer Schultasche, ruft mit zittriger Hand das Verzeichnis auf und klickt auf *Mama Handy*.

Während das Freizeichen ertönt, erblickt Leonie im Haus gegenüber die alte, behinderte Frau, die jeden Morgen am Fenster sitzt. Winkt ihr die Oma zu? Leonie hat keine Zeit, darüber nachzudenken, denn in diesem Augenblick meldet sich ihre Mutter.

„Schatz? Was ist denn los? Fällt die erste Stunde aus? Hör zu, Liebes, ich kann dich nicht abholen, ich bin gerade auf dem Weg zu einem Meeting. Kannst du nicht ...?"

„Da hat einer die Tür zur Schule abgeschlossen", fällt ihr Leonie ins Wort. „Der hat gesagt, ich soll verschwinden."

„Die Tür abgeschlossen?"

„Ich glaube mit einer Kette."

„Wie – mit einer Kette?" Einen Moment hört Leonie ihre Mutter nur atmen. Als sie weiterspricht, klingt ihre Stimme verändert. „Hör zu, Liebes, ich ruf da mal an und frag, was los ist. Bis ich mich wieder melde, hältst du dich vom Gebäude fern, hast du verstanden? Lauf ein bisschen rum, aber bleib von der Schule weg, hörst du? Ich ruf dich an, sobald ich was weiß."

„Mama?"

Aber ihre Mutter hat bereits aufgelegt. Unversehens schießen Leonie Tränen in die Augen. Warum soll sie sich von der Schule fernhalten? Wovor hat Mama Angst? Wieso hat der Junge die Tür zugesperrt?

Sie rennt los. Ohne sich umzusehen, rennt sie den ganzen Weg zurück, den sie gekommen ist. Erst als sie die Berger Straße erreicht, verlangsamt sich ihr Schritt. Leute kommen ihr entgegen, einige bleiben stehen und sehen sich nach ihr um. Eine Frau spricht sie an. „Kann ich dir helfen, Kleines?"

Leonie schüttelt den Kopf. In diesem Moment ertönt der Klingelton ihres Handys. Ihre Mutter.

„Hör zu, Liebes, da meldet sich keiner. Aber ich habe kein gutes Gefühl. Irgendetwas stimmt da nicht. Sag, wo bist du gerade?"

„Auf der Berger."

„Okay, ich hol dich ab. Wir treffen uns am Uhrtürmchen. In einer viertel Stunde. Dann kommst du heute einfach mit ins Büro."

„Und dein Meeting?"

„Das ist jetzt unwichtig."

Im ganzen Chemiesaal riecht es nach Alkohol. Kafka, der Idiot, hat zu viel Ethanol ins Glas geschüttet und das Fett hinterhergekippt, bis die Flüssigkeit überschwappte. Nur Dombrowski scheint nichts gemerkt zu haben. Seine Augen leuchten. Er ist in seinem Element.

Jamal gähnt. Chemie ist für ihn eine einzige Zumutung. Die meiste Zeit sieht er aus dem Fenster. Wie auch jetzt. Gerade flitzt die kleine Leonie über den Schulhof. Ganz schön spät dran heute, denkt er.

Kaum wendet er sich wieder der Tafel zu, als er draußen eine weitere Bewegung wahrnimmt. Leonie kommt zurück. Sie läuft zum Parkplatz. Sieht zum Gebäude. Duckt sich. Irgendetwas stimmt nicht mit ihr. Jetzt holt sie ihr Handy heraus und telefoniert. Vielleicht hat sie daheim was vergessen? Nach wenigen Sekunden nimmt sie ihr Handy vom Ohr, stopft es zurück in die Tasche und rennt los. Jamal wundert sich, wie schnell die Kleine ist. Er sieht ihr nach, bis sie hinter einer Kurve verschwindet.

„Ja, genau, Sie meine ich."

Irritiert blickt Jamal auf. Alle starren ihn an. *Dumbo* steuert auf ihn zu.

„Fehlt Ihnen was?"

„Ich weiß nicht." Jamal unterdrückt ein weiteres Gähnen. „Vielleicht der Alkohol."

„Wovon reden Sie?"

„Riechen Sie das nicht?"

Einige Schüler lachen, andere springen Jamal zur Seite und erklären ihrem Lehrer, dass der ganze Saal tatsächlich nach Alkohol stinkt.

„Dann öffnen Sie eben das Fenster", schlägt Dombrowski vor. „Damit sich der Spiritus verflüchtigt und der Geist des Schülers erwacht."

Jamal steht auf und reißt das Fenster auf. Während er extra tief ein- und ausatmet, um die letzten Zweifel seines Lehrers zu zerstreuen, blickt er versonnen auf die Stelle, wo die kleine Leonie vorhin verschwunden ist. Was war bloß mit ihr? Wer oder was hat sie so erschreckt?

Freitag, 17. April, 8.12 Uhr

Fassungslos starrt Dietmar Klausen auf die Schmiererei im Lehrerzimmer. Ihm fehlen die Worte. Eine solche Dreistigkeit ist ihm in seinen einundzwanzig Jahren als Hausmeister noch niemals untergekommen.

„Vielleicht ein verfrühter Abischerz", bemerkt Uli Potthoff lakonisch. Potthoff ist Sportlehrer am Böll-Gymnasium und für seine lockere Art bekannt.

„Abischerz", murmelt Klausen und wirft Potthoff einen düsteren Blick zu. „Sie wissen nicht zufällig, wann Herr Vorkötter heute reinkommt?"

Potthoff zuckt die Schultern. „Keine Ahnung. Aber wie ich höre, geht es um Schulpolitik – das kann dauern."

Klausen macht sich auf den Weg zum Sekretariat. Erika Tabani hätte versucht, ihn zu erreichen, hat ihm seine Frau vorhin gesagt, und sei dabei ziemlich aufgebracht gewesen. Wer weiß, vielleicht weiß sie ja mehr.

Die Tür zum Sekretariat steht einen Spalt breit offen. Trotzdem klopft Klausen wie gewohnt an. Da keiner antwortet, schiebt er die Tür auf und tritt ein. Der Schreibtisch von Frau Tabani ist verwaist, doch ihr Computer ist an. Über den Monitor gleiten Fotos ihrer Kinder. Er sieht sich um. Vorkötters Zimmer ist offen.

„Frau Tabani?"

In dem Moment, da Dietmar Klausen über die Schwelle blickt, setzt jäh die Zeit aus. Still steht die Welt und wird sich nie wieder drehen! Er will nicht sehen, was er sieht, denn diesen Anblick wird er nie mehr vergessen. Alles in ihm krampft sich zusammen. Er würgt. Er taumelt zurück. Er öffnet den Mund, um Hilfe herbeizuschreien, bringt aber nicht mehr als ein heiseres Krächzen zustande. Wie in Trance greift er zum Telefon, tippt drei Ziffern ein, intuitiv, als hätte irgendetwas in ihm ein ganzes Leben lang auf diesen einen Augenblick gewartet. Er hört das Freizeichen, presst den Hörer ans Ohr, krächzt, als sich am anderen Ende der Leitung endlich jemand meldet, Sätze, die er selbst kaum versteht, muss unversehens weinen, schluckt und stammelt „Blut" und „überall Blut" und „Frau Tabani" und „Gott im Himmel" und „bitte", als ihm das Telefon entgleitet, ihm die Beine wegsacken und er schluchzend zu Boden geht.

Freitag, 17. April, 8.18 Uhr

Als um 8.18 Uhr bei der Einsatzzentrale des Frankfurter Polizeipräsidiums ein Notruf vom Heinrich-Böll-Gymnasium eingeht, hat der diensthabende Polizeibeamte Thomas Blum große Schwierigkeiten, den Anrufer überhaupt zu verstehen. Intuitiv jedoch begreift er, dass sich an der Schule etwas so Grauenvolles ereignet haben muss, dass selbst ihm, der in seinem Berufsleben schon so viele grauenhafte Dinge erlebt hat, eiskalte Schauer über den Rücken jagen. Als das Gespräch jäh abbricht, schickt Blum sogleich mehrere Streifenwagen zum Böll-Gymnasium, alarmiert den Rettungsdienst und setzt seinen Vorgesetzten ins Bild, der alle zuständigen Stellen der Stadt und auf Landesebene informiert.

Freitag, 17. April, 8.23 Uhr

Um 8.23 Uhr erreichen die Einsatzfahrzeuge den rückwärtigen Teil des Gymnasiums. Bevor die Polizisten das Schulgelände betreten, legen sie ihre Schutzwesten an. Geduckt und an die Rotsandsteinmauer gedrückt, huschen sie zum Haupteingang. Die Pforte indes lässt sich nicht öffnen; anscheinend ist sie mit einer Kette von innen verriegelt. Über Funk informiert einer der Beamten die Einsatzleitung im Präsidium. Als der Polizeiführer von der neuen Wendung erfährt, entscheidet er sofort, Spezialkräfte anzufordern. Gleichzeitig weist er seine Kollegen vor Ort an, die Tür aufzubrechen und die Lage so weit als möglich zu sondieren.

Freitag, 17. April, 8.24 Uhr

Jens Christensen lächelt still in sich hinein. Jedes Mal dieselben dummen Sprüche und dasselbe Gekicher. Er muss nur *Penis* sagen oder *Busen*, und schon reagieren die coolsten Teenager wie kleine Jungs. Da mögen sie auf dem Pausenhof noch so wichtigtuerisch gestikulieren und selbstbewusst daherreden, wenn es im Unterricht um das Thema Sex geht, reagieren sie wie Kleinkinder. Von wegen Aufklärungsunterricht sei ein Anachronismus in unserer ach so aufgeklärten Welt! Jens Christensen weiß es besser. Seine Schüler haben zwar manches über Sex gehört, doch das ändert nichts daran, dass ihre Kenntnisse darüber so löchrig sind wie die Jeans seiner Töchter.

Als er sich wieder seiner Klasse zuwendet, geht plötzlich die Tür auf. Eine schwarze Gestalt steht im Rahmen, der ihn spontan an eine Comicfigur erinnert. Der Typ trägt eine Sturmhaube, ein schwarzes Shirt und einen schwarzen Rock. Hinter seinem Kopf ragt ein Griff empor, der wie der Schaft eines Schwerts aussieht. Ein Ninja, denkt Christensen, einer dieser unsichtbaren Krieger, die nachts über Dächer huschen und unter Zimmerdecken kleben.

„Hey, du Clown!", ruft Walter, einer seiner vorlautesten Schülern. „Fasching war gestern!"

Die Gestalt reagiert nicht auf ihn. Lautlos nähert sie sich dem Pult. Instinktiv wittert Christensen die Gefahr. Jeder Muskel in ihm ist gespannt. Als der Ninja nach dem Schaft seines Schwerts greift, wirft er sich ihm entgegen. Leichtfüßig weicht sein Gegner aus, sodass er ins Leere taumelt. Schon ist der Krieger über ihm, das gekrümmte Schwert in beiden Händen. Als es herabsaust, hechtet Christensen zur Seite. Ein stechender Schmerz durchfährt seinen Arm. Christensen rollt sich ab, hebt den Blick, Blut, überall ist Blut. Schlagartig wird ihm klar, dass er hier und jetzt sterben wird. Er hört seine Schüler schreien und weinen, sieht noch, wie sie sich hinter ihre Tische ducken, würde ihnen gern helfen, doch er kann nicht, er … Mühsam hebt er den Kopf, erkennt gerade noch, wie sich der Ninja zum Smartboard wendet und ein Wort hin schreibt, drei Buchstaben, die vor seinen Augen verschwimmen, und doch meint Christensen das Wort zu kennen, wenn er nur wüsste, was es bedeutet, er kann sich nicht erinnern, kann sich nicht darauf konzentrieren, ihm ist kalt, sein Kopf ist leer, er …

Mit einem Mal kniet der Ninja neben ihm, in beiden Händen sein Schwert, das ihm nun, so nah, viel kürzer erscheint, wie ist das möglich, doch dann erkennt er seinen Irrtum, es ist gar kein Schwert, sondern ein Säbel, den der Ninja jetzt hebt, *mach schon*, denkt Christensen noch, *dann ist es endlich vorbei.*

Freitag, 17. April, 8.25 Uhr

Als Jamal die ersten Schreie vernimmt, fügt sich das Puzzle jäh zusammen. Der Albtraum wird wahr, doch nicht am Humboldt-Gymnasium, wie sie gedacht haben, sondern hier, am Böll-Gymnasium, an seiner eigenen Schule!

Dein Herz wird dir meine Zeichen deuten …

Mit einem Mal erkennt er seinen Irrtum. Nicht Jasmin war damit gemeint, sondern er selbst, Jasmins *Herz*, der Irre will, dass sie mit seinen Augen sieht, was er, der Ronin, anrichtet.

Alle Schüler sind aufgesprungen. Alle starren zur Tür. Nur einer reagiert nicht – Dombrowski. Mit halb geöffnetem Mund sitzt er da, das Reagenzglas noch immer in seiner Hand, als ob er vergessen hätte, was er gerade tun, was er sagen oder ihnen zeigen wollte.

Maja rennt zur Tür und öffnet sie einen Spalt breit. Schatten huschen vorbei, seltsam still, nur einer kreischt.

„Er hat ein Schwert! Er hat ein Schwert!"

Maja knallt die Tür wieder zu und bleibt mit ausgebreiteten Armen davor stehen.

„Der Schlüssel!", ruft sie. „Wo ist der Schlüssel?"

Dombrowski blickt wie hypnotisiert in ihre Richtung. „Der Schlüssel." Er nickt, erhebt sich langsam, steckt seine Hände in seine Hosentaschen, wühlt darin, zieht sie wieder heraus und schüttelt ratlos den Kopf.

„Ich hab ihn nicht dabei", murmelt er. „Ich weiß auch nicht ..."

„Aber Sie müssen doch was tun!", schreit Beck.

„Der Schrank!" Gypsie hechtet zum Materialienschrank. „Helft mir, wie schieben ihn vor die Tür!"

Jamal ist sofort bei ihm, andere Jungs stoßen dazu. Doch so sehr sie sich auch bemühen, der Schrank lässt sich nicht einen Millimeter verrücken.

„Der Schrank ist festgedübelt", bemerkt Dombrowski mit einem Mal, als sei er gerade erst erwacht.

Alle starren ihn an.

„Dann eben das Pult!", ruft jemand.

Mit vereinten Kräften wuchten sie den schweren Lehrertisch vor die Tür und stellen noch einen Haufen Tische und Stühle dazu.

„Die Polizei!", schreit Alex plötzlich.

Jamal stürzt ans Fenster. Er zählt vier Einsatzfahrzeuge, ohne jedoch einen einzigen Polizisten zu sehen. Hoffentlich sind sie schon im Gebäude. Da er wieder nach vorn blickt, hält Dombrowski sein Smartphone ans Ohr. Er wartet, probiert es erneut, irgendwann schüttelt er resigniert den Kopf.

„Geht keiner ran."

Freitag, 17. April, 8.26 Uhr

Benny ist als Erster an der Tür. Als er sie einen Spalt breit öffnet, sieht er Schüler vorbeihasten, die Gesichter vor Angst verzerrt. Ein Junge stolpert, fällt der Länge nach hin, rafft sich auf, blickt sich panisch um, hetzt weiter. Zwei Mädchen fliehen Hand in Hand, ein Lehrer keucht heran, von weit hinten vernimmt man entsetzte Schreie.

„Er kommt! Er kommt!"

Im nächsten Moment biegt eine dunkle Gestalt um die Ecke. Er trägt eine schwarze Haube, so dass man ihn nicht erkennt. Ohne Eile kommt er geradewegs auf ihn zu. Benny kann sich nicht rühren. Er erblickt das Schwert in der Hand der Gestalt. Ist das Blut? Hinter Benny versuchen mehrere Schüler panisch, die Tür zu schließen, wobei sie ihn auf den Flur schieben, direkt in die Arme des Ninja. Der ist nur noch wenige Schritte entfernt. Bennys Atem setzt aus, als der Schatten sein Schwert hebt. Doch mit einem Mal zieht ihn eine Hand mit einem Ruck zurück, und er landet unversehens im Klassenzimmer.

„Hau ab! Lass uns in Ruhe! Verschwinde!"

Die Stimme von Frau Gülic. Schützend stellt sie sich vor ihn. Durch ihre Hosenbeine sieht er, wie der Ninja auf sie zu kommt.

„Knie nieder!"

Die Referendarin streckt schützend die Arme von sich.

„Lass die Kinder! Sie haben dir doch nichts getan."

„Knie nieder!"

Frau Gülic regt sich nicht. Der Ninja kommt einen Schritt näher. Er ist mindestens einen Kopf größer als sie.

„Wenn du dein Opfer bringst, sollen deine Kinder leben."

Entsetzt beobachtet Benny, wie sich Frau Gülic nun tatsächlich hinkniet. Er hört ihren rasselnden Atem, vernimmt das Geschluchze und Gewimmer seiner Mitschüler, er sieht zu ihr hoch, klammert seinen Blick an ihren Zopf, an die Schleife, die ihn zusammenhält. Langsam hebt der Ninja sein Schwert. Im selben Augenblick, da er zuschlägt, zuckt Frau Gülic zurück, sodass die Klinge ihre Schulter trifft und ihr in den Hals schneidet. Sie kippt zur Seite, während der Ninja in seiner Stellung verharrt und, auf sie herabblickend, wartet, bis sich sein Opfer nicht mehr bewegt. Plötzlich wendet er sich ab und schreitet zur Tafel. Mit dem Marker schreibt er vier Buchstaben ans Board, ein Wort, das Benny weder kennt noch versteht.

Shin.

Freitag, 17. April, 8.29 Uhr

Maria Petrenko greift sich ans Herz. Das ist zu viel für sie. Sie reißt das Fenster auf. Mein Gott, all die Kinder, gütiger Himmel, wie sie rennen und stolpern, wie sie in alle Richtungen stieben und verzweifelt um Hilfe schreien, o nein, was geht da drin vor, lieber Gott, sei ihnen gnädig, lass es nicht wieder geschehen!

Die alte Frau presst die Hand an den Mund, als sich im zweiten Stock plötzlich ein Fenster öffnet und eine Schülerin auf den Sims steigt.

„Nein!"

Im nächsten Augenblick wird das Kind von mehreren Händen zurückgezerrt, das Fenster klappt zu, die Gestalten dahinter verschwinden.

Ein Stockwerk höher kleben fünf Zettel an der Scheibe, auf jedem ein Buchstabe.

HILFE

Ja doch, gütiger Gott, so hilf ihnen schon, es sind doch noch Kinder!

Maria Petrenko sitzt am offenen Fenster und fühlt sich so ohnmächtig wie einst, nein, ohnmächtiger noch, weil man ihr damals zumindest eine letzte Entscheidung ließ.

Helft ihnen!

Von den Polizisten, die vorhin geduckt aufs Gebäude zu geschlichen und darin verschwunden sind, ist noch immer nichts zu sehen. Inzwischen sind auch Feuerwehr und Notärzte da. Drei weitere Einsatzfahrzeuge halten gerade am Tor. Vermummte Männer springen heraus, offenbar das Sondereinsatz-Kommando, auch das kennt sie noch von damals. Gerade riegeln zwei Polizisten den Schulhof mit rotweißen Bändern ab. Hinter dem Mannschaftswagen rollt ein Feuerwehrmann eine Karte aus und deutet aufs Gebäude. Noch immer kommen Kinder heraus, ab und zu auch ein Lehrer, Helfer nehmen sie in Empfang. Rund um das Gymnasium beziehen Polizisten Stellung. An der Mauer harren seit mindestens einer viertel Stunde eine Ärztin und ein Sanitäter aus. Die dunkelhaarige Frau blickt immer wieder auf die Uhr. Jetzt packt sie ihren Koffer und stapft einfach los.

Freitag, 17. April, 8.38 Uhr

Dr. Marita Blum reicht es. Seit einer viertel Stunde schon steht sie hier nutzlos herum, während in der Schule Menschen dringend ihrer Hilfe bedürfen. Bei der Leitstelle sind Dutzende Anrufe eingegangen. Im Sekretariat liegt eine Frau, „wahrscheinlich tot", in einem Klassenzimmer verblutet eine Lehrerin, im Biologiesaal sei ein weiterer Lehrer schwer verwundet, und auf irgendeinem Flur schwebt ein Schüler zwischen Leben und Tod. Die Notärztin will nicht mehr warten. Mit jeder Minute, die man sie daran hindert, den Opfern zu helfen, schwindet deren Chance zu überleben weiter dahin. Dass der Tatort, wie die Polizisten behaupten, noch nicht gesichert sei, hält sie für vorgeschoben. Was ist denn mit dem Fotografen, der vorhin durch den Haupteingang spaziert ist? Warum hat den niemand aufgehalten?

Marita Blum greift nach ihrem Koffer. Ihr Kollege, ein junger Rettungsassistent, sieht sie fragend an.

„Was hast du vor?"

„Ich geh da jetzt rein."

„Okay, dann komm ich mit."

Beide sind erst wenige Schritte gegangen, als ein halbes Dutzend SEK-Beamte auf sie zu stürmt.

„Zurück!", brüllt einer.

„Hinter die Absperrung!", fordert sie ein anderer barsch auf.

Mehrere Polizisten reißen ihre Schilde hoch, um die Ärztin und den Sanitäter zu schützen.

„Sind Sie lebensmüde?", zischt ihr einer der Vermummten zu.

„Da verbluten Leute!", schreit Marita Blum. „Wir gehen da jetzt rein! Und wehe, einer von euch fasst mich an!"

Ihre Entschlossenheit zeigt augenblicklich Wirkung. Einer der Beamten will bei der Einsatzzentrale nachfragen. Wenige Sekunden später kommt er zurück.

„Ihre Verantwortung", erklärt er. „Aber vorher legen Sie beide Schutzwesten an."

Nachdem die Notärztin und der Sanitäter in einem nahe stehenden Polizeibus kugelsichere Westen übergestreift haben, werden sie von vier Beamten des Sondereinsatzkommandos hinter Schilden zum Haupteingang geführt.

„Hierher!", raunt eine Stimme von drinnen.

Sie tauchen ein ins Gebäude und treffen in der Vorhalle auf weitere Beamte mit Sturmhauben und Maschinengewehren, die an der Treppe Stellung bezogen haben. „Kommen Sie!"

Einer der Vermummten lotst sie die Treppe herauf. Im Flur liegt ein Schüler in Halbseiten-Bauchlage. Offenbar hat er viel Blut verloren. Marita Blum tritt auf ihn zu. Er regt sich nicht. Routinemäßig prüft die Ärztin den Puls, die Atmung und die Augenreflexe des Jungen. Dabei weiß sie längst, dass hier nicht nichts mehr zu tun bleibt. Als sie sich von dem Toten abwendet, fällt ihr Blick auf die Wand gegenüber, auf die jemand ein Wort geschrieben hat.

Chugi.

Gedeckt durch die beiden Polizisten hastet Marita Blum an der Seite ihres Kollegen weiter zum Sekretariat. Im Vorzimmer sitzt ein völlig verstörter Mann, offenbar der Hausmeister der Schule, wie ihr ein Polizist zuraunt. Sie verabreicht ihm eine Beruhigungsspritze, bevor man sie ins Nebenzimmer führt, wo eine weitere Leiche liegt. Blutige Fußabdrücke führen hinaus. Auch hier kann sie nicht mehr helfen.

Flüsternd gibt Marita Blum der Leitstelle einen ersten Lagebericht. Sie, die schon achtzehn Jahre im Beruf ist, glaubte bislang, alles erlebt zu haben, was ein Mensch ertragen kann, aber das geht über ihre Vorstellungskraft hinaus.

„Dantes Inferno", raunt sie ins Telefon, „die Hölle auf Erden." Sie will den Anruf schon beenden, als ihr einfällt, dass sie noch etwas vergessen hat. „Wir brauchen Notfallseelsorger", flüstert sie, „seht zu, dass ihr so viele bekommt wie möglich."

An die Wand gedrückt machen sie sich auf zum nächsten Ort des Grauens. Doch da sie am Biologiesaal eintreffen, ist dessen Tür verriegelt. Einer der Beamten hämmert dagegen.

„Aufmachen, Polizei!"

Nichts passiert. Die Ärztin hält ihr Ohr an die Tür. Aus dem Innern vernimmt sie hitzige Diskussionen.

„Lass uns aufmachen", sagt eine Jungenstimme.

„Und wenn *er* es ist?", schluchzt eine Schülerin.

Marita Blum kramt ihren Arztausweis hervor und schiebt ihn unter die Tür. „Ich bin Notärztin", ruft sie. „Bitte, macht auf! Schnell!"

Kaum dass sich der Schlüssel im Schloss dreht und die Tür aufgeht, krallt sich eine Hand in ihren Arm.

„Helfen Sie ihm!", schreit ein Mädchen und zerrt die Ärztin mit sich. „Er stirbt!"

Auf dem Boden liegt ein Lehrer in den Vierzigern. Sein linker Arm ist halb abgetrennt. Ein Schüler presst ein T-Shirt auf die Wunde, während ein anderer Schüler den Kopf des Lehrers hält. Anscheinend hat er auch eine Bauchwunde, auf die ein dritter Schüler blutdurchtränkte Taschentücher drückt.

Marita Blum kniet sich neben den Schwerverletzten und nimmt seine Hand. Er öffnet seine Augen.

„Wie heißen Sie?", fragt ihn die Ärztin. „Nur damit wir wissen, wen wir im Krankenhaus wieder gesund machen werden."

„Christensen, Jens", flüstert der Mann kaum hörbar.

Marita Blum legt ihm eine Infusion. Sein Blutdruck ist kaum noch messbar, seine Atmung flach. Sie setzt ihm eine Sauerstoffmaske auf. Die Lösungen schießen nur so durch die Schläuche. Bald muss sie die leeren Flaschen durch neue ersetzen. Sie arbeitet wie in Trance. Und doch weiß sie die ganze Zeit, dass jede Mühe vergeblich ist, dass auch dieses Opfer nicht mehr zu retten ist.

Der Mann greift nach ihrem Arm. Sie beugt sich über ihn und hebt die Sauerstoffmaske an.

„Die Luft geht weg."

Das Einzige, was sie jetzt noch tun kann, ist, dem Verletzten die Schmerzen zu nehmen. Sie injiziert ihm Morphin. Wenig später setzt sein Herz aus. Ohne Hoffnung beginnt sie mit einer Herzmassage. Ihr Kollege drückt den Beatmungsbeutel. Aus der Bauchwunde quillt immer mehr Blut. Hinter ihr schluchzt eine Schülerin auf. Als die Pupillen des Lehrers weit werden, weiß die Ärztin, dass sein Leiden ein Ende hat. Da sie aufsteht, fällt ihr Blick auf die Tafel. Dort steht ein Wort, das sie kennt.

Chi.

Freitag, 17. April, 8.39 Uhr

Sie haben sich verbarrikadiert, Tische und Stühle aufgetürmt, sie haben Angst, der Ninja könnte zurückkommen und einem anderen befehlen, sich niederzuknien.

Frau Gülic ringt mit dem Tod. Ein Arzt hat ihnen am Telefon erklärt, wie sie die Verletzte lagern und was sie gegen ihren Blutverlust tun können. Jetzt drücken sie zu fünft ihre Hemden, Tücher und T-Shirts auf die Wunde.

Benny sieht von weitem zu. Er ist unfähig, sich zu bewegen. Vorhin hat er sein Gesicht abgewischt. Als er auf seine Hand geblickt hat, war überall Blut. Irgendwer hat gesagt, dass die Retter unterwegs seien, doch das ist schon eine halbe Stunde her. Allmählich werden die Klagen von Frau Gülic leiser. Immer mal wieder ruft irgendjemand irgendwo an – doch alle sagen nur wieder und wieder dasselbe, dass Hilfe unterwegs sei, dass sie sich gedulden, dass sie ausharren müssten, dass die Lage noch immer nicht unter Kontrolle sei.

Wieder ruft eine Mitschülerin die Leitstelle an. „Bitte helfen Sie ihr", fleht das Mädchen, „sie stirbt."

Benny weint. Frau Gülic stirbt. Und er ist schuld.

Eine Weile noch hört er sie leise stöhnen, dann ist es still. Anderthalb Stunden, nachdem die Referendarin verblutet ist, steht die Polizei vor ihrer Tür und befiehlt ihnen, aufzumachen.

Als sie sich weigern, rumst es gegen die Tür, bis sie splitternd aufbricht. Die Schüler schreien vor Angst – alle außer Benny. Mit einem Mal sind sie umringt von vermummten Polizisten, die sie auffordern, mitzukommen. Beim Herausgehen muss Benny über seine tote Lehrerin steigen. An der Tür dreht er sich nach ihr um und sieht, wie sich eine Notärztin über sie beugt, ihren Puls fühlt und den Kopf schüttelt.

Freitag, 17. April, 8.40 Uhr

Auf die Schreie folgt eine unheimliche Stille. Einige Schüler wispern in ihre Smartphones, andere kauern still in irgendeiner Ecke. Auch Dombrowski telefoniert. Seine Lippen bewegen sich tonlos. Er wirkt um Jahre gealtert.

Jamal lehnt an der Wand und lässt seine Blicke kreisen. Karen sieht herüber, die ihren Arm um Maja gelegt hat und ihr gerade etwas zuflüstert. Milos und Luka stehen geduckt am Fenster und spähen hinaus. Ihr Atem kondensiert auf der Scheibe. Kafka pinnt irgendetwas in sein Heft; womöglich macht er sich Notizen für seinen Vater. Alexander, Fabian und Quentin hocken nebeneinander an der Wand und schweigen sich an. Tabea weint lautlos, während ihr Birgit die Hand hält. Alexander kratzt sich immerfort am Kopf. Beck hat sich unter einen der verbliebenen Tische verkrochen und starrt auf sein Handy. Arthur isst ein Brot, Gypsie kaut an einem Kaugummi, Fabienne bürstet ihr Haar.

Wo ist eigentlich ...?

Unversehens schält sich ein Gesicht aus dem schwarzen Nebel, und schlagartig wird ihm klar, wer sich hinter der Maske des Ronin verbirgt.

Ohne zu überlegen, trifft Jamal eine Entscheidung. Er stößt sich von der Wand ab und geht geradewegs auf die Tür zu. Blicke wenden sich ihm zu. Als er sich einen Weg durch die Tische und Stühle bahnt, wird es unruhig in der Klasse, da er sich am Pult vorbeizwängt, fängt Birgit an zu kreischen.

„Hey, was tust du da? Bist du verrückt geworden! Willst du uns alle ..."

Dombrowski kommt auf ihn zu. Jamal rückt das Pult ein Stück nach hinten und drückt die Klinke herunter.

„Komm zurück!"

Dombrowski poltert durch den Berg von Möbeln. Irgendwer packt ihn am Ärmel, doch Jamal reißt sich los. Dombrowski brüllt ihn an, Schüler schreien vor Panik, während Jamal mit aller Kraft an der Tür zerrt, bis der Spalt so weit ist, dass er sich hindurch zwängen kann, schon schließt sich die Tür.

Der Flur ist verwaist. Über den Boden verstreut liegen Jacken, Taschen, Rucksäcke, Bücher, Hefte und lose Blätter. Er huscht zum Ende des Gangs und läuft die Treppe herunter. Auf jedem Stockwerk hält er inne, lauscht und späht vorsichtig in den Flur. Einmal knallt eine Tür, ein anderes Mal meint er, jemanden stöhnen zu hören, doch im nächsten Moment ist es wieder still.

Im zweiten Stock angelangt, wirft er gerade einen Blick in den Flur, als sich von der Wand gegenüber ein Schatten löst. Eine vermummte Gestalt tritt auf ihn zu. Sie trägt ein schwarzes Shirt, einen schwarzen Rock und schwarze Turnschuhe.

„Marlon."

Als der Ronin seine Maske abstreift, blickt Jamal in ein schweißüberströmtes Gesicht. Staunend blickt ihn Marlon an. In beiden Händen hält er ein Schwert, ein langes in der linken, ein kurzes in der rechten. An beiden Klingen klebt Blut. Dennoch hat Jamal keine Angst. Er weiß, dass es vorbei ist. Im großen Plan des Ronin ist Jamal der Chronist, der bezeugt, wie es endet.

Marlon kniet sich hin, legt das große Schwert vor sich auf den Boden, umklammert mit beiden Händen den Griff des Säbels und richtet die Klinge gegen sich selbst.

„Nein", fleht Jamal. „Bitte, tu das nicht!"

Marlon sieht durch ihn hindurch. Sein Ausdruck ist ernst, fast feierlich. Jetzt schließt er die Augen. Seine Lippen bewegen sich. Jamal weiß, dass er es nicht verhindern kann. Marlon nickt, beugt sich leicht vor und lässt sich in die Klinge fallen. Einen ewigen Augenblick lang scheint er zu schweben. Dann drückt er mit beiden Händen nach, gibt ein heiseres Krächzen von sich und kippt zur Seite.

Sein letztes Wort überdauert ihn. Was es heißt, wird Jamal erst später erfahren.

Meiyo.

Ehre und Respekt.

Wie lange er neben dem Toten kniet, weiß er nicht. Irgendwann macht er sich auf, um der Welt zu verkünden, dass es vorbei ist, dass der Ronin am Ende seines Pfads den Seppuku gewählt hat, der seinen Krieg beendet.

Doch Jamal kommt nicht weit. Kaum ist er im ersten Stock, werfen sich zwei schwarze Gestalten auf ihn und drücken ihn zu Boden. Beide sind uniformiert und vermummt, offenbar Mitglieder eines Sondereinsatzkommandos. Einer kniet sich auf seine Arme, der andere hält ihn an den Beinen, beide gemeinsam tasten sie ihn ab. Was er ihnen zu sagen versucht, scheint sie nicht zu interessieren, nur ob er eine Waffe mit sich führt oder auf andere Weise gefährlich werden könnte. Da dies nicht der Fall ist, stellen sie ihn wieder auf die Beine und zerren ihn den Flur entlang bis zum Kunstsaal. Dass der Ronin tot ist, wollen sie nicht hören, egal wie oft er es ihnen sagt, wie laut er schreit oder flucht, ihr Job ist erledigt, da sie ihn in den Kunstsaal schieben und sich die Tür hinter ihm schließt.

Jamal bleibt ratlos zurück. Er sieht sich um. Überall kauern verängstigt dreinblickende Schüler auf dem Boden, die meisten Fünft- und Sechstklässler, einige weinen, andere starren apathisch vor sich hin.

„Es ist vorbei", sagt Jamal, „der Amoktäter ist tot."

Einige Schüler sehen auf, wirken aber nicht so aus, als ob sie ihm glaubten.

Als ihn der Blick eines braunhaarigen Mädchens trifft, fällt ihm Jasmin ein, er muss sie anrufen, sie und auch seine Eltern. Da er sein Smartphone im Chemiesaal zurückgelassen hat, bittet er einen Jungen um seines, der es ihm achselzuckend überlässt, doch als er Jasmins Nummer wählt, ist besetzt. Er versucht es daheim, doch auch hier ist besetzt. Der Junge meint, dass er schon seit einer ganzen Weile niemanden mehr erreicht, möglicherweise sei ja das Netz überlastet oder die Polizei habe die Funkfrequenz gestört.

Es vergeht eine Stunde, ohne dass etwas passiert. Ein beißender Geruch breitet sich aus, vielleicht hat sich jemand in die Hose gemacht. Einmal hämmert ein Schüler mit beiden Fäusten gegen die Tür und brüllt, dass er es nicht mehr aushält, doch als niemanden reagiert, setzt er sich wieder.

Nach einer weiteren dreiviertel Stunde springt plötzlich die Tür auf, und mehrere Polizisten betreten den Raum. Einer erklärt ihnen, dass man sie nun in Zehnergruppen auf den Schulhof führen wird. Sie sollen sich ruhig verhalten und die Anweisungen der Polizei befolgen. Erneut versucht sich Jamal einem der Beamten mitzuteilen, doch der schneidet ihm das Wort ab und fordert ihn auf, den anderen zügig zu folgen, alles weitere habe Zeit.

Die Beamten eskortieren sie zur Turnhalle, wo sie von Sanitätern in Empfang genommen werden, die ihnen Tee, Saft und Mineralwasser anbieten. Jeder Schüler muss seinen Namen sagen und bekommt mit dem Kugelschreiber ein Kreuz auf den Handrücken gemalt. Einem Jungen, dem auf der Flucht der Fuß umgeknickt ist, hängt man ein grünes Schild um den Hals.

Gerüchte schwirren umher. Von mehreren Tätern und Dutzenden Opfern ist die Rede, ein Täter sei tot, ein weiterer auf der Flucht, die Stadt im Ausnahmezustand. Jamal weiß es zwar besser, mischt sich aber nicht ein. Mit dem Smartphone eines Sanitäters versucht er erneut, Jasmin anzurufen, wieder ohne Erfolg. Er versucht es daheim und fährt zusammen, als er plötzlich die Stimme seiner Mutter vernimmt. Sie schreit ihn an, warum er sich nicht schon viel früher gemeldet habe, sie schluchzt, sie lacht, sie weint und erklärt ihm, wie oft sie vor Angst gestorben sei und dass sein Vater vor der Schule auf ihn warte und dass sie sich jetzt, da sie nicht mehr am Telefon ausharren müsse, sofort auf den Weg mache, um bei ihm zu sein.

Jamal hört ihr zu, sagt ihr, dass er wohl auf sei, verschweigt ihr aber seine Begegnung mit Marlon, noch ist es zu früh, darüber zu reden.

Irgendwann dürfen sie endlich gehen. Da er hinaustritt, steht die Sonne hoch, er blinzelt ins Licht, hinter dem Absperrband warten Hunderte von Menschen, er hält Ausschau nach Jasmin, doch Männer mit Kameras versperren ihm die Sicht. Irgendwer hält ihm ein Mikrofon unter die Nase.

„Wie fühlst du dich, jetzt wo alles vorbei ist?"

Wortlos drängt sich Jamal an ihm vorbei. Er begreift die Frage nicht. Er blickt über die Menge hinweg zum Tor, wo ein dunkel gekleideter Mann gerade einen Sarg aus einem Leichenwagen zieht. Mit einem Mal strecken sich ihm zwei Arme entgegen. Als ihm Jasmin um den Hals fällt, begreift Jamal, dass der Albtraum vorbei ist.

Sieben Tugenden.

Sieben Zeichen.

Sieben Tote.

Der dämmernde Morgen kündet vom nahenden Tag. Jamal sitzt am offenen Fenster und lauscht dem niederprasselnden Regen. Es scheint, als wolle der Himmel nachholen, was er wochenlang aufgeschoben hat, und mit dem Staub auch die Hitze fortspülen. Jamal saugt die kühle Luft ein. Er fragt sich, ob der Regen, wäre er schon vor einer Woche gefallen, Marlon von seiner Tat hätte abhalten können. Er schüttelt den Kopf. Er will nicht mehr nachdenken. Er sehnt sich nach Ruhe.

Fünf Tage sind seit Marlons Morden vergangen. An jedem dieser Tage wurde seine Geschichte aufs Neue erzählt und immer ein wenig anders. Was von den Berichten wahr oder erfunden ist, verzerrt oder übertrieben, bleibt für die meisten im Dunkeln. Durch die Lektüre des Online-Tagebuchs, das von der Polizei noch am Abend nach dem Massaker gelöscht wurde, hat Jamal zumindest eine Ahnung davon gewonnen, wie sich ein stiller, ausgesprochen intelligenter Junge in einen Krieger verwandeln konnte, der seinen vorgezeichneten Weg bis ans Ende ging.

Sieben Zeichen. Sieben Tote.

Die ersten beiden Opfer waren Marlons Vater und dessen Verlobte. Sie starben in der Nacht zum Freitag, allem Anschein nach im Schlaf. An der Wand ihres Schlafzimmers fand die Polizei die ersten beiden Zeichen:

Jin und *Gi*.

Güte und *Gerechtigkeit*.

Erika Tabani war das dritte Opfer. Der Schulsekretärin gedachte der Ronin als Zeichen das *Rei*, die *Höflichkeit*, zu.

Jens Christensen verblutete unter dem Zeichen des *Chi*, der *Weisheit*.

Für Fahri Gülic sah der herrenlose Samurai das *Shin*, die *Aufrichtigkeit*, vor.

Malte Sandner, jener Schüler, der den Fehler beging, sich auf dem Schulflur über den Vermummten lustig zu machen, starb im Zeichen des *Chugi*, der *Loyalität*.

Das siebente Zeichen bewahrte der Ronin für sich selbst: *Meiyo*,

Ehre und *Respekt*.

Es ist jene Zeitung, die Jasmin vor Wochen zur *Miss Amok* stilisierte, die den Attentäter nun das *Schul-Monster* nennt. Jamal hat dem *Monster* in die Augen gesehen und darin nur einen staunenden Jungen erblickt.

Er selbst mutierte über Nacht zum *Helden von Frankfurt*. Ein inszeniertes Missverständnis. In seiner Vernehmung hat Jamal der Polizei von seiner finalen Begegnung mit Marlon und von dessen ritueller Selbsttötung erzählt. Er hat sich bemüht, so sachlich wie möglich zu berichten und nichts auszulassen. Eine Antwort auf die eigentliche Frage ist er den Beamten dennoch schuldig geblieben.

„Was um alles in der Welt hat Sie dazu bewogen, das schützende Klassenzimmer zu verlassen und sich einer Todesgefahr auszusetzen?"

Diese Frage schließt alle anderen ein.

„Wann wussten Sie über die Identität des Amokläufers Bescheid?"

„Warum haben Sie die Polizei darüber nicht in Kenntnis gesetzt?"

„Was hatten Sie vor, als Sie den Chemiesaal verließen?"

„Wie haben Sie den Attentäter gefunden?"

„Woran haben Sie ihn erkannt?"

„Wieso hatten Sie keine Angst?"

„Was haben Sie geredet?"

„Wieso haben Sie ihn nicht davon abgehalten, sich selbst zu töten?"

„Hat er wirklich nur dieses eine Wort gesagt?"

Dass man ihn anfangs der Mitwisserschaft verdächtigte, überraschte ihn nicht. Als Freund von *Miss Amok* hatte er damit gerechnet. Was ihn dann aber erstaunte, war der Moment, da sie plötzlich von ihm abließen und ihm, statt ihn weiter auszufragen, Cola und belegte Brötchen brachten und ihm auf die Schulter klopften und ihn ausgerechnet jener Beamte, der ihm am härtesten zugesetzt hatte, beglückwünschte zu seiner *überaus mutigen Tat.*

Er selbst fand nichts mutig an seiner Tat, im Gegenteil, rückblickend empfindet er seine Tat sogar dumm, weil unüberlegt und riskant, er hat Glück gehabt, dass dem Ronin am Ende seines Pfades nur ein Zeichen noch blieb.

Doch seine *überaus mutige Tat* sprach sich ins Windeseile herum. Als am Samstagmittag sein Telefon klingelte, rechnete er fest damit, dass es Jasmin sei, doch stattdessen bat ihn ein Journalist ohne Umschweife um ein Gespräch. Aus *vertraulicher Quelle* habe er von Jamals *Heldentat* erfahren und wolle ihn dazu befragen. Jamal war naiv genug einzuräumen, mit dem Ronin gesprochen zu haben und bei seinem Suizid sogar zugegen gewesen zu sein. Schon am nächsten Tag feierte ihn das Blatt auf seiner Titelseite als *Helden von Frankfurt,* worauf sein Smartphone und das Telefon seiner Familie tagelang nicht mehr still stand.

Dabei ist das meiste von dem, was in der Zeitung stand und von anderen Medien nacherzählt wird, erstunken und erlogen! Dass er sich *furchtlos* vor seine Mitschüler gestellt und den wahnsinnigen Attentäter *unter Einsatz seines Lebens* gestoppt habe – was für Schwachsinn!

In einer Fernsehsendung behauptete ein Psychologe sogar, Jamal habe den Amokläufer gestoppt, indem er ihn beim Namen nannte, wodurch er ihn gleichsam vor sich selbst enttarnt und seine Verwandlung rückgängig gemacht.

Wer denkt sich so etwas aus?

Jamal schließt das Fenster. Wie soll er die nächsten Tage überstehen?

Das Böll-Gymnasium bleibt bis auf Weiteres geschlossen. Gemeinsam mit Jasmin ist Jamal gestern dort gewesen. Die Treppe vor dem Eingang war mit Blumen und Kränzen geschmückt. Entlang der Mauer brannten Kerzen. Manche Schüler haben Stofftiere abgelegt und Abschiedsbriefe in die Gebinde gesteckt.

Auf einem Zettel an Frau Gülic stand: „In unseren Herzen leben Sie weiter."

Auf einer Karte an Herrn Christensen hieß es: „Für den besten Lehrer der Welt."

Ein Bild zeigte zwei Strichmännchen, ein großes und ein kleines, darunter eine krakelige Frage: „Mama, warum bist du nicht mehr da?"

Donnerstag, 23. April, 11 Uhr

Ein Meer von Trauernden wogt über den Römerberg. Viele Menschen haben Schirme aufgespannt, die meisten schwarz, die wenigen roten, gelben und blauen wirken aus der Vogelperspektive wie Farbkleckse auf einem ansonsten düsteren Gemälde.

Die Kamera zoomt das Rathaus heran. Davor hat man ein mit schwarzem Tuch bespanntes Podest errichtet, von dem aus vier reglose Gestalten auf die Menge blicken. Die Kamera fängt ihre Gesichter ein. Drei kennt man aus dem Fernsehen, eines ist Jamal seit vielen Jahren vertraut.

Dass er selbst der zentralen Trauerfeier fernbleiben würde, stand schon seit Tagen fest. Von den Toten, so hat er beschlossen, wird er sich erst beim Begräbnis auf dem Hauptfriedhof verabschieden. Da dort nur die Verwandten und Freunde der Opfer sowie Schüler und Lehrer zugelassen sind und die Stadt per Eilbeschluss jegliche Foto- und Fernsehaufnahmen während der Bestattungen untersagt hat, sind weder Menschenmassen noch Blitzgewitter zu erwarten.

Der Moderator kündigt die erste Rede an. Jamal stellt den Ton lauter. Der Ministerpräsident tritt ans Mikrofon. Doch als er zu sprechen beginnt, ist nur ein hässliches Krächzen zu hören. Unversehens bricht der Ton ganz ab. Die Kamera ruht dennoch auf den sich lautlos bewegenden Lippen. Nach einigen Sekunden setzt die Stimme des Ministerpräsidenten unvermittelt ein.

„... dieser unbegreiflichen Tragödie. Unser tief empfundenes Mitgefühl gilt den Angehörigen der Opfer, denen ich hier und jetzt versichern möchte: Wir sind bei Ihnen und lassen Sie in dieser schweren Schicksalsstunde nicht allein."

Als der Politiker abtritt, hat Jamal einen Augenblick lang das Gefühl, als ob die Stille auf dem Römerberg anschwölle. Schon tritt der nächste Redner vor. Seltsam hell hallt seine Stimme über die Menge.

„Das Massaker am Heinrich-Böll-Gymnasium hat die Grundfeste unserer Gesellschaft erschüttert. Unser Land steht unter Schock. Was geschehen ist, ist unfassbar, und es gibt keine Worte, die unserem Schmerz wirklich Ausdruck verleihen könnten. Ich verneige mich vor den Opfern und bitte Gott: Bewahre unsere Kinder vor solchem Hass!"

Jamal hört nicht weiter hin. Stattdessen blättert er durch die Artikel und Traueranzeigen, die seine Mutter in den vergangenen Tagen aus den Zeitungen geschnitten und aufs Sideboard gelegt hat.

Der Wiesbadener Landtag trauert mit den Opfern.
Der 17. April hat das Leben unserer Stadt verändert.
Unsere Tränen werden niemals trocknen.

Am Samstag sind alle Frankfurter Zeitungen mit einem Trauer-
flor auf der Titelseite erschienen. An jenem Tag, dem Tag nach
Marlons Massaker, sprachen aus den meisten Berichten und
Kommentaren aufrechte Trauer, Bestürzung und Anteilnahme.
Das jedoch sollte sich in den folgenden Tagen ändern. Mit einem
Mal spielten sie alle verrückt. Eltern warfen den Lehrern Igno-
ranz und Unfähigkeit vor, Lehrer wehrten sich mit dem Verweis,
dass Schulen keine staatlichen Verwahranstalten für Kinder hoff-
nungslos überforderter Eltern seien, Politiker prangerten die Sen-
sationsgier der Medien an und Journalisten die Untätigkeit der
Politik. Inzwischen hat sich der Sturm wieder gelegt. Andere
Themen sind wichtiger. Die anstehende Wahl. Die Über-
schwemmungen in Osteuropa. Der Selbstmordanschlag in
Afghanistan.

Jamal blickt zum Fernseher. Der nächste Redner, ein eigens
zur Trauerfeier aus Berlin angereister Minister, tritt vors Mikro-
phon. Schon im zweiten Satz kündigt er eine Überprüfung der
Bestimmungen des Jugendschutzes an, um die Gewaltdarstellun-
gen in den Medien einzudämmen. Jamal schaltet nur deshalb
nicht ab, weil Maja die nächste ist.

Die Kamera schwenkt über den Platz. Um den Eingang des
Rathauses zieht sich ein Gitter, das Kopfsteinpflaster dahinter ist
mit weißen Blumen übersät. Mittendrin brennen sechs Kerzen
und etwas abseits eine siebte. Die Fahnen im Hintergrund wehen
auf Halbmast. Die Menschen stehen dicht gedrängt, einige liegen
sich in den Armen.

Während die Kamera über weinende Gesichter fährt,
erklärt ein Sprecher, dass im Rathaus ein Kondolenzbuch aus-

liege, in das sich schon Tausende Frankfurter Bürger eingetragen hätten. Beileidsbekundungen seien aus der ganzen Welt eingegangen.

Die Kamera fängt die zierliche Gestalt Majas ein. Anders als die Politiker vor ihr nimmt sie das Mikrofon in die Hand. Mit dem Ärmel ihrer Bluse wischt sie sich übers Gesicht. Als sie zu sprechen beginnt, blickt sie nicht in die Menge, sondern hinauf in den bleigrauen Himmel.

„Ich bin so traurig und gleichzeitig so wütend. Nicht nur auf Marlon, sondern auch auf uns, auf mich selbst. Warum hat keiner von uns etwas gemerkt? Warum haben wir Marlon allein gelassen? Denn allein war er immer, weil sich niemand von uns je um ihn gekümmert hat. Manchmal denke ich, wenn wir ihn einbezogen, wenn wir hin und wieder mit ihm geredet hätten, vielleicht hätte er sich dann anders entschieden, vielleicht hätte er sich dann gar nicht entscheiden müssen."

Maja holt Luft, besinnt sich, während die Kamera das Gesicht einer alten Frau einfängt, die sich die Tränen aus den Augen wischt.

„Ich bin so traurig und so wütend, weil unsere Lehrer, unsere Sekretärin und unsere Mitschüler tot sind und wir leben."

Freitag, 24. April, 12 Uhr

Glockengeläut weht über die Stadt. Ein eigenartiger Kontrast zum Vortag, als um dieselbe Zeit eine Schweigeminute das öffentliche Leben verstummen ließ.

Der Andrang auf dem Hauptfriedhof ist größer als vermutet. Nicht alle Gäste finden Platz in der Trauerhalle. Auf dem Areal hinter dem Neuen Portal ragen Lautsprecher empor, die die Andacht nach draußen übertragen.

Jamal hat auf einem Stuhl in der letzten Reihe Platz genommen. Er sieht sich um. An den Wänden prangen Sprüche. Einer befremdet ihn besonders.

Kurz ist der Schmerz, doch ewig währet die Freude.

In den ersten Reihen sitzen die Angehörigen der Opfer, dahinter die Schüler jener Klassen, die Opfer zu betrauern haben, sowie die Lehrer und die Vertreter der Stadt und irgendwelcher Behörden. Kellerhoff hat sich zu seinen Schülern gesetzt. Gerade legt er einen Arm um die weinende Kathi, deren Schluchzer selbst in der letzten Reihe noch zu hören sind.

An der Stirnseite der Halle, direkt unter der Kuppel, sind vier Särge aufgebahrt. Erika Tabani, Jens Christensen, Fahri Gülic und Malte Sandner. Die drei anderen Opfer – Marlons Vater, dessen Verlobte und der Ronin selbst – sollen zu einem späteren Zeitpunkt beigesetzt werden. Wann und wo ist geheim.

Vor den Särgen liegen die Kränze und Blumengebinde, deren Schleifen man sorgsam zur Mitte hin ausgerichtet hat. Weiter hinten stehen zwei Geistliche. Die Musikerin tritt vor. Einen Moment ist es still. Sie richtet ihr Instrument aus und setzt den Bogen auf die Saite. Jamal schließt die Augen. Eine traurige Melodie weht durch die Halle. Unweit von ihm schluchzt jemand auf. Es ist, als ob sich der Schmerz der Trauernden mit den Klängen der Violine zu einer einzigen Klage vereint, die über die Köpfe der Menschen, die über die Gräber, die über die Stadt und das ganze Land hinausweht.

Kaum ist der letzte Akkord verklungen, hebt die Stimme des Pfarrers an, der unbemerkt aus dem Schatten nach vorn getreten ist.

„In der Stunde des Todes rücken die Lebenden zusammen. Ratlos blicken wir auf das, was geschehen ist, sprachlos bleiben wir zurück. Warum nur? Warum mussten Menschen sterben? Obschon wir das Unfassbare nicht begreifen, werden wir doch lernen müssen, damit zu leben. Obzwar unser Schmerz nie verheilen wird, sind wir weiter dem Dasein verpflichtet – mit allem, das dieses trägt. Hätten wir die Bluttat verhindern können? Nur Gott kennt die Antwort. Nur in Gott finden wir Trost und Balsam für unsere wunden Seelen."

Es ist die monotone Melodie seiner Worte, die Jamal fort trägt. Er will nichts mehr hören. Er sehnt sich nach Stille.

Damit ihre verschissene Welt draußen bleibt und ich nur noch meinen eigenen Herzschlag höre – den Takt meines Lebens.

Der zweite Geistliche ergreift das Wort.

„Ein Mensch wurde von zerstörerischen Mächten geleitet. Seine schrecklichen Taten führen uns vor Augen, wie verletzbar das Leben ist und wie nah der Tod. Und sie zeigen uns, wie hilflos manch einer handelt im Angesicht höchster Not. Gott lehrt uns, einander zu achten. Wir dürfen nicht spalten, sondern müssen vereinen, was uns vom anderen trennt. Lasst uns milde zum anderen sein, lasst uns fürsorglich miteinander umgehen! Wir dürfen die Schwachen nicht allein lassen, sondern müssen sie in unserer Mitte aufnehmen." Der Mann im Talar hält einen Moment lang inne, während sein Blick über die Trauernden schweift. „Lasst uns hier und jetzt nicht nur für die Opfer und ihre Angehörigen beten, sondern auch für jenen, der dieses furchtbare Leid über sie brachte. Bedenket: Was immer ein Mensch getan hat, er bleibt doch ein Mensch!"

In den vorderen Reihen regt sich Unmut. Eine Frau schüttelt heftig den Kopf. Ihr Nachbar nimmt sie in den Arm. Als der Pfarrer das *Vater unser* anstimmt, erheben sich alle und fassen sich an den Händen. Wer am Rand steht, stellt die Verbindung zur nächsten Reihe her, sodass eine Menschenschlange entsteht, die sich bis nach draußen windet. Später wird sich Jamal an diesen Anblick erinnern. Hätte es diese Verbundenheit schon früher gegeben, hätte es keiner Zeichen bedurft.

Freitag, 24. April, 15 Uhr

Sie haben Zuflucht gesucht. Vor den Menschen, vor den Tränen und vor den unsagbaren Worten, die über die Gräber der Opfer wehen. Nun hocken sie eng aneinandergeschmiegt in einer Urnengruft, unter den Sternen einer blauschwarzen Nacht.

„Warum?"

„Was meinst du?"

„Warum ist niemandem etwas aufgefallen?"

Jamal schüttelt den Kopf. Er weiß es nicht. Tatsächlich, so gesteht er sich ein, kennt er Marlons Leben nur aus der Zeitung. Beide sind zwar viele Jahre in dieselbe Klasse gegangen, aber miteinander geredet haben sie nie.

„Was hältst du davon, wenn wir verreisen?"

„Klar."

„Nach Paris."

„Spinner! Und die Schule?"

Jamal lässt sich nicht beirren. „Wenn auch nur übers Wochenende. Wir fahren mit dem Nachtzug. Mein Onkel lebt in Paris. Nicht weit vom Montmartre."

„Erzähl das mal meinen Eltern! Die sind bestimmt total begeistert!"

„Vielleicht käme mein Vater mit. Er redet schon seit Monaten davon, wie gerne er seinen Bruder wiedersehen würde."

Jasmins Stirn kräuselt sich. „Ich könnte ja mal eine Andeutung fallen lassen. Ich meine, wenn dein Vater dabei wäre … Mal sehen, wie meiner reagiert."

Die Stille der Gegenwart wirkt beruhigend. Sanft dehnt sich die Zeit und zieht sich wieder zusammen.

Zum frühen Abend brechen sie auf. Durch die Wipfel der Bäume rauscht der Wind. Eine dichte Wolkendecke hängt über der Stadt, die sich zum Westen hin rot einfärbt.

„Wenn Marlon beerdigt wird ..." Jamal bleibt stehen. „Ich meine, wer trauert eigentlich um ihn?"

„Die Zeitungen schreiben, er werde anonym bestattet."

„Nicht neben seinem Vater?"

„Offenbar nicht." Jasmin zuckt mit den Schultern. „Wie es heißt, fürchtet man, das Grab des Ronin könnte so eine Art Wallfahrtsort für Psychos werden."

„Mein Vater kriegt sicher raus, wann und wo Marlon beigesetzt wird."

„Ich komme mit."

EDITION GEGENWIND

Unter dem 2010 gegründeten Label **Edition Gegenwind** erscheinen Neuausgaben vergriffener Bücher sowie Originalausgaben renommierter Autoren.

Belletristik

Pete Smith

1227 – Verschollen im Mittelalter. Zeitreise-Trilogie, 1. Teil. 2017
168 – Verschollen in der Römerzeit. Zeitreise-Trilogie, 2. Teil. 2017
2033 – Verschollen in der Zukunft. Zeitreise-Trilogie, 3. Teil. 2017

Gabriele Beyerlein

Berlin, Bülowstraße 80 a. Historischer Roman. 2014
Es war in Berlin. Historischer Roman. 2015

Thomas Fuchs

Allein mit Frau von Schal. Roman. 2013
Da war ich schon tot. Kriminalroman. 2018

Ulrich Karger

Verquer. Roman-Collage. 2013
Vom Uhrsprung und anderen Merkwürdigkeiten. Moderne Märchen und
    Parabeln. 2015
Homer. Die Odyssee nacherzählt von Ulrich Karger. 2015

Manfred Schlüter

Das Perpezudum oder Wie der alte Morawitz das Perpetuum mobile erfand.
    Erzählung. 2013

Christa Zeuch

Worte, schwarz und weiß geflügelt. Kurzprosa und Lyrik. 2016
Leise Wortlaute. Lyrik. 2017

Sachbuch

Ulrich Karger (Hrsg.)

Briefe von Kemal Kurt (1947-2002), mit Briefen, Nachrufen und Rezensionen. 2013
Kolibri: Das große Zeichenbuch. Freie Bilderzyklen, Buch- und Zeitungsillustrationen. 2016

Sylvia Schopf

Wir entdecken fantastische Welten. Spielgeschichten für Kindergarten und
Vorschule. 2015

Wie der Tod in die Welt kam. Mythen und die große Menschheitsfrage. 2017

Kinder- und Jugendbuch

Pete Smith

Mein Freund Jeremias. Ab 8 Jahre. Illustr. von Hans-Jürgen Feldhaus, 2015

Tausche Giraffe gegen Freund. Ab 8 Jahre. Illustr. von Rooobert Bayer. 2015

Das Geheimnis von Schloss Gramsee. Ab 10 Jahre. 2015

1227 – Verschollen im Mittelalter. Zeitreise-Trilogie, 1. Teil. Ab 12 J. 2017

168 – Verschollen in der Römerzeit. Zeitreise-Trilogie, 2. Teil. Ab 12 J. 2017

2033 – Verschollen in der Zukunft. Zeitreise-Trilogie, 3. Teil. Ab 12 J. 2017

Manfred Schlüter

SINA und das Kaff am Ende der Welt. Ab 12 Jahre. Illustrationen von Manfred Schlüter. 2013

SimsalaSurium. Ab 5 Jahre. Illustrationen von Manfred Schlüter. 2014

24 Weihnachtsmänner. Ab 5 Jahre. Illustrationen von Manfred Schlüter. 2017

Thomas Fuchs

Wanted! – Plötzlich gesetzlos. Ab 10 Jahre. 2013

Nullnummer. Ab 11 Jahre. 2013

Die Welt ist ein Fahrrad. Ab 13 Jahre. 2013

Neles Block. Ab 5 Jahre. Mit Illustrationen zum Weitermalen. 2014

Drei Freunde und der schwarze Hund. Ab 8 Jahre. Illustrationen von Imke
Sönnichsen. 2014

Unter Freunden. Ab 12 Jahre. 2014

Falsche Zeit, falscher Ort. Ab 13 Jahre. 2014

wild@heart. Ab 14 Jahre. 2015

Follow me! Ab 10 Jahre. 2015

FC Profikicker. Ab 10 Jahre. 2017

Ulrich Karger

Dicke Luft in Halbundhalb. Ab 5 Jahre. Illustr. von Hans-Günther Döring. 2011

Sylvia Schopf

Peppi Pepperoni. Ab 6 Jahre. Illustrationen von Susanne Schwandt. 2015

MALINCHE Prinzessin der Azteken. Ab 10 Jahre. Illustrationen von Marta
Hofmann-Ptak. 2015

Ursula Flacke

Die Nacht des römischen Adlers. Ab 11 Jahre. Jugendroman. 2017
Der goldene Palast – Geschichten vom kleinen und großen Glück. 2018

Gabriele Beyerlein

Lara und das Geheimnis der Mühle. Ab 6 Jahre. Illustr. von Susanne Smajic. 2011
Ilo und die Keltenfürsten. Ab 8 Jahre. Illustr. von Tilman Michalski. 2012
Bea am anderen Ende der Welt. Ab 8 Jahre. Illustr. von Iris Hardt. 2012
Der schwarze Mond. Ab 11 Jahre. Fantasy-Roman. 2013
Die Kette der Dragomira. Ab 12 Jahre. Historischer Roman. 2015
Schwarzes Wasser oder Ein neues Leben. Ab 11 Jahre. 2015

Christa Zeuch

Der Frosch hat einen Frosch im Hals. Ab 6 Jahre. Illustr. von G. Elsler. 2013
Prinz MeMo. Ab 9 Jahre. Illustrationen von Christa Zeuch. 2013
Moonskaters Traum vom Fliegen. Ab 12 Jahre. 2013
Mein Zauberschloss hat viele Türen. Ab 6 Jahre. Illustr. von Ch. Zeuch. 2014
Warwar und der Feuervogel. Ab 8 Jahre. Illustrationen von G. Elsler. 2014
Mein Sommer mit Oma und Finn. Ab 11 Jahre. 2015
Affenkopp liebt Zottelbär. Ab 6 Jahre. Illustrationen von Christa Zeuch. 2015
Die Augen der Kukurill. Ab 8 Jahre. 2015
Mein Sommer mit Oma und Finn. Ab 11 Jahre. Illustr. von Ch. Zeuch. 2016
Der Schatz von Atlantis. Ab 11 Jahre. Phantastisches Kinderbuch. 2017

Anthologien
(hrsg. von Ulrich Karger)

Bücherwurm trifft Leseratte. Ab 5 Jahre. Mit Textbeiträgen von Gabriele Beyerlein, Thomas Fuchs, Ulrich Karger, Manfred Schlüter und Christa Zeuch. Illustrationen von Manfred Schlüter. 2013

Bücherwurm trifft Leseratte 2. Ab 5 Jahre. Mit Textbeiträgen von Pete Smith, Dagmar Chidolue, Ursula Flacke, Gabriele Beyerlein, Thomas Fuchs, Ulrich Karger, Sylvia Schopf, Manfred Schlüter und Christa Zeuch. Illustrationen von Manfred Schlüter. 2016

Aktuelle Informationen zum Programm
der Edition Gegenwind im Internet unter:

www.edition-gegenwind.de